总 策 划 ◎ 陈越光

总 创 意 ◎ 戴士和

选　　编 ◎ 中国青少年发展基金会

注　　音
　　　　　◎ 中国文化书院
注　　释

　　　　　　尹　洁（子集、丑集）　刘　一（寅集、卯集）

注释小组 ◎ 杨　阳（辰集、巳集）　丛艳姿（午集、未集）

　　　　　　黄漫远（申集、酉集）　方　芳（戌集、亥集）

注释统稿 ◎ 徐　梓

文稿审定 ◎ 陈越光

装帧设计 ◎ 陈卫和

十二生肖图绘制 ◎ 戴士和

诵　　读 ◎ 喻　梅　齐靖文

　　　　　　陈　光　李赠华　黄　丽　林　巧　王亚苹
审　　读 ◎
　　　　　　吕　飞　刘　月　帖慧祯　赵一普　白秋霞

中华古诗文读本

巳集

中国青少年发展基金会　　编

中国文化书院　注　释

陈越光　总策划

中国大百科全书出版社

致读者

这是一套为"中华古诗文经典诵读工程"而编辑的图书，主要有以下几个特点：

1. 版本从众，尊重教材。教材已选篇目，除极个别注音、标点外，均以教材为准，且在标题处用★标示；教材未选篇目，选择通用版本。

2. 注音读本，规范实用。为便于读者准确诵读，按现代汉语规范对所选古诗文进行注音。其中，为了音韵和谐，个别词语按传统读法注音。

3. 简注详注，相得益彰。为便于读者集中注意力，沉浸式诵读，正文部分只对必要的字词进行简注。后附有针对各篇的详注，以便于读者进一步理解。每页上方标有篇码。正文篇码与解注篇码标识一致，互为阴阳设计，以便于读者逐篇查找相关内容。

4. 准确诵读，规范引领。特邀请中国传媒大学播音主持艺术学院的专家进行诵读。正确的朗读，有助于正确的理解。铿锵悦耳的古诗文音韵魅力，可以加深印象，帮助记忆，从而达到诵读的效果。

5. 科学护眼，方便阅读。按照国家 2022 年的新要求，通篇字体主要使用楷体、宋体，字号以四号为基本字号。同时，为求字距疏朗，选用大开本；为求色泽柔和，选用暖色调淡红色并采用双色印刷。

读千古美文　做少年君子

20 多年前，一句"读千古美文，做少年君子"的行动口号，一个"直面经典，不求甚解，但求熟背，终身受益"的操作理念，一套"经典原文，历代名篇，拼音注音，版本从众"的系列读本，一批以"激活传统，继往开来，素质教育，人文为本"为己任的教师辅导员，一台"以朗诵为主，诵演唱并茂"的古诗文诵读汇报演出……活跃在百十个城市、千百个县乡、几万所学校、几百万少年儿童中间，带动了几千万家长，形成一个声势浩大的"中华古诗文经典诵读工程"。

今天，我们再版被誉称为"经典小红书"的《中华古诗文读本》，续航古诗文经典诵读工程。当年的少年君子已为人父母，新一代再起书声琅琅，而在这琅琅书声中成长起来的人们，在他们漫长的一生中，将无数次体会到历史化作诗文词句和情感旋律在心中复活……

从孔子到我们，2500 年的时间之风吹皱了无数代中华儿女的脸颊。但无论遇到什么，哪怕是在历史的寒风中，只要我们静下心来，从利害得失的计较中，甚至从生死成败的挣扎中抬起头来，我们总会看到一抹阳光。阳光下，中华文化的山峰屹立，我们迎面精神的群山——先秦诸子，汉赋华章，魏晋风骨，唐诗宋词，理学元曲，明清小说……一座座青山相连！无论你身在何处，无论你所处的境遇如何，一个真正文化意义上的中国人，只要你立定脚跟，背后山头飞不去！

陈越光

2023 年 1 月 8 日

★陈越光：中国文化书院院长、西湖教育基金会理事长

激活传统　继往开来

　　21世纪来临了，谁也不可能在一张白纸上描绘新世纪。21世纪不仅是20世纪的承接，而且是以往全部历史的承接。江泽民主席在访美演讲中说："中国在自己发展的长河中，形成了优良的历史文化传统。这些传统，随着时代变迁和社会进步获得扬弃和发展，对今天中国的价值观念、生活方式和中国的发展道路，具有深刻的影响。"激活传统，继往开来，让21世纪的中国人真正站在五千年文化的历史巨人肩上，面向世界，开创未来。可以说，这是我们应该为新世纪做的最重要的工作之一。

　　为此，中国青少年发展基金会在成功地推展"希望工程"的基础上，又将推出一项"中华古诗文经典诵读工程"。该项活动以组织少年儿童诵读、熟背中国经典古诗文的方式，让他们在记忆力最好的时候，以最便捷的方式，获得古诗文经典的基本熏陶和修养。根据"直面经典、有取有舍、版本从众"的原则，经专家推荐，我们选编了300余篇经典古诗文，分12册出版。能熟背这些经典，可谓有了中国文化的基本修养。据我们在上千名小学生中试验，每天诵读20分钟，平均三五天即可背诵一篇古文。诵读数年，终身受益。

　　背诵是儿童的天性。孩子们脱口而出的各种广告语、影视台词等，都是所谓"无意识记忆"。有心理学家指出，人的记忆力在儿童时期发展极快，到13岁达到最高峰。此后，主要是理解力的增强。所以，在记忆力最好的时候，少记点广告词，多背点经典，不求甚解，但求熟背，是在做一种终生可以去消化、理解的文化准备。这很难是儿童自己的选择，主要是家长的选择。

有的大学毕业生不会写文章，这是许多教育工作者不满的现状。中国的语言文字之根在古诗文经典，这些千古美文就是最好的范文。学习古诗文经典的最好方法就是幼时熟背。现在的学生们往往在高中、大学时期为文言文伤脑筋，这时内有考试压力，外有挡不住的诱惑，可谓既有"丝竹之乱耳"，又有"案牍之劳形"，此时再来背古诗文难道不是事倍功半吗？这一点等到学生们认识到往往已经晚了，师长们的远见才能避免"亡羊补牢"。

读千古美文，做少年君子。随着"中华古诗文经典诵读工程"的逐年推广，一代新人的成长，将不仅仅受益于千古美文的文学滋养——"天下为公"的理念；"宁为玉碎，不为瓦全"的风骨；"先天下之忧而忧，后天下之乐而乐"的胸怀；"富贵不能淫，贫贱不能移，威武不能屈"的操守；"位卑未敢忘忧国"的精神；"无为而无不为"的智慧；"己所不欲，勿施于人""己欲立而立人，己欲达而达人"的道德原则……这一切，都将成为新一代中国人重建人生信念的精神源泉。

愿有共同热情的人们，和我们一起来开展这项活动。我们只需做一件事：每周教孩子背几首古诗或一篇五六百字的古文经典。

书声琅琅，开卷有益；文以载道，继往开来！

陈越光

1998 年 1 月 18 日

★陈越光时任中国青少年发展基金会社区文化委员会主任、中国文化书院副院长。

与先贤同行　做强国少年

中华优秀传统文化源远流长，博大精深，是中华民族的宝贵精神矿藏。在这悠久的历史长河中，先后涌现出无数的先贤，这些先贤创作了卷帙浩繁的国学经典。回望先贤，回望经典，他们如星月，璀璨夜空；似金石，掷地有声；若箴言，醍醐灌顶。

为弘扬中华民族优秀传统文化，让广大青少年汲取中华优秀传统文化的养分，中国青少年发展基金会遵循习近平总书记寄语希望工程重要精神，结合新时代新要求，在二十世纪九十年代开展"中华古诗文经典诵读活动"的基础上，创新形式传诵国学经典，努力为青少年成长发展提供新助力、播种新希望。

"天行健，君子以自强不息；地势坤，君子以厚德载物。"与先贤同行，做强国少年。我们相信，新时代青少年有中华优秀传统文化的滋养，不仅能提升国学素养，美化青少年心灵，也必然增强做中国人的志气、骨气、底气，努力成长为强国时代的栋梁之材。

郭美荐

2023 年 1 月 16 日

★郭美荐：中国青少年发展基金会党委书记、理事长

目录

1

目录

目录

目录

《论语》四章

一

子夏问孝。子曰："色①难。有事，弟子服其劳；有酒食，先生馔②，曾是以为孝乎？"

选自《为政篇第二》

二 ★

曾子曰："士不可以不弘毅③，任重而道远。仁以为己任，不亦重乎？

---

①色：容色。　②馔：吃喝。　③弘毅：弘大刚毅。

sǐ ér hòu yǐ　　bú yì yuǎn hū
死而后已，不亦远乎？"

xuǎn zì　　tài bó piān dì bā
选自《泰伯篇第八》

三

zǐ jué sì　　　　wú yì④　　　wú bì⑤　　wú gù⑥
子绝四——毋意④，毋必⑤，毋固⑥，

wú wǒ⑦
毋我⑦。

xuǎn zì　　zǐ hǎn piān dì jiǔ
选自《子罕篇第九》

四

zǐ gòng wèn wéi rén　　zǐ yuē　　gōng yù shàn qí
子贡问为仁。子曰："工欲善其

shì　　bì xiān lì qí qì　　jū shì bāng⑧ yě　　shì qí dà
事，必先利其器。居是邦⑧也，事其大

fū zhī xián zhě　　yǒu qí shì zhī rén zhě
夫之贤者，友其士之仁者。"

xuǎn zì　　wèi líng gōng piān dì shí wǔ
选自《卫灵公篇第十五》

---

④意：凭空揣测。　⑤必：武断，绝对。　⑥固：固执，拘泥。　⑦我：自以为是，自大。　⑧邦：国家。

《老子》二章

一

上士闻道，勤而行之；中士闻道，若存若亡；下士闻道，大笑之。不笑不足以为道。故建言有之：

明道若昧①，进道若退，夷②道若额③；上德若谷，大白若辱；广德若不足，建④德若偷⑤；质真若渝⑥，大方无隅⑦；大器晚成，大音希⑧声，大象无

---

①昧：昏暗不明。　②夷：平坦。　③额：不平。　④建：通"健"，刚健。　⑤偷：苟且，怠惰。　⑥渝：原指水变污,此处指污浊。　⑦隅：棱角。　⑧希：即"稀"，细小、轻微。

形。道隐无名。夫唯道，善贷⑨且成。

选自《下篇德经四十一章》

二

知不知，尚矣；不知知，病⑩也。圣人不病，以其病病。夫唯病病，是以不病。

选自《下篇德经七十一章》

---

⑨贷：施与。 ⑩病：毛病。

《孟子》二则

一

孟子曰："仁，人心也；义，人路也。舍其路而弗由，放其心而不知求，哀①哉！人有鸡犬放，则知求之；有放心②，而不知求。学问之道无他，求其放心而已矣。"

选自《告子章句上》

二

孟子曰："民为贵，社稷次之，君

---

①哀：悲哀。　②放心：迷失、丢失的本心。

5

为轻。是故得乎丘③民而为天子，得乎天子为诸侯，得乎诸侯为大夫。诸侯危④社稷，则变置⑤。牺牲⑥既成⑦，粢盛⑧既絜⑨，祭祀以时，然而旱干水溢，则变置社稷。"

选自《尽心 章句下》

---

③丘：众，众多。 ④危：危害。 ⑤变置：改立，改立别人。 ⑥牺牲：祭祀用的牲畜。 ⑦成：长成，指肥壮。 ⑧粢盛：盛在器皿内供祭祀用的谷物。 ⑨絜：同"洁"。

《庄子》一则 ★

庖丁为文惠君解牛，手之所触，肩之所倚，足之所履①，膝之所踦②，砉然③向然，奏刀騞然，莫不中④音。合于《桑林》之舞，乃中《经首》之会⑤。

文惠君曰："嘻⑥，善哉！技盖⑦至此乎？"

庖丁释⑧刀对曰："臣之所好者道⑨也，进乎⑩技矣。始臣之解牛之时，所

---

①履：踩。　②踦：指用一条腿的膝盖顶住。　③砉然：皮肉相离的声音。　④中：合乎。　⑤会：节奏。　⑥嘻：赞叹。　⑦盖：通"盍"，怎么。　⑧释：放下。　⑨道：规律。　⑩进乎：超过，超出。

見无非全牛者；三年之后，未尝见
全牛也。方今之时，臣以神遇而不以目
视，官知⑪止而神欲⑫行。依乎天理，批
大郤⑬，导⑭大窾⑮，因其固然，技经肯
綮⑰之未尝，而况大軱⑱乎！良庖岁更
刀，割也；族庖月更刀，折⑲也。今臣
之刀十九年矣，所解数千牛矣，而刀刃若
新发于硎⑳。彼节者有间㉑，而刀刃者无
厚㉒；以无厚入有间，恢恢乎㉓其于游刃
必有余地矣！是以十九年而刀刃若新发

⑪官知:指器官的感觉。 ⑫神欲:指精神活动。 ⑬郤:通"隙",
指筋骨间的空隙。 ⑭导:引向,指向。 ⑮窾:空穴,指骨节间的孔
穴。 ⑯肯:紧附在骨头上的肉。 ⑰綮:筋肉聚结处。 ⑱大軱:大
骨。 ⑲折:指用刀砍折骨头。 ⑳硎:磨刀石。 ㉑间:空隙,间
隙。 ㉒无厚:没有厚度,指刀刃很薄。 ㉓恢恢乎:宽绰的样子。

于硎。虽然，每至于族㉔，吾见其难为，怵然㉕为戒，视为止，行为迟，动刀甚微。謋然㉖已解，如土委㉗地。提刀而立，为之四顾，为之踌躇满志，善刀㉘而藏之。"

文惠君曰："善哉！吾闻庖丁之言，得养生焉。"

选自《养生主第三》

㉔族：筋骨交错聚结的地方。　㉕怵然：警惕的样子。　㉖謋然：骨肉相离的声音。　㉗委：堆积。　㉘善刀：擦干净刀，保养好刀。

《国语》一则

邵公谏厉王弭①谤

厉王虐②，国人③谤④王。邵公告曰："民不堪命矣！"王怒，得卫巫⑤，使监谤者，以告，则杀之。国人莫敢言，道路以目⑥。

王喜，告邵公曰："吾能弭谤矣，乃不敢言。"邵公曰："是障⑦之也。防民之口，甚于防川。川壅⑧而溃⑨，伤

---

①弭:消除,止息。 ②虐:残暴。 ③国人:住在都城的工商业者及其他平民。 ④谤:指责,公开批评。 ⑤巫:古代以降神事鬼为职业的人。⑥目:用眼睛看。⑦障:堵塞。⑧壅:堵塞。⑨溃:决口。

人必多，民亦如之。是故为川者决之
使导⑩，为民者宣⑪之使言。故天子听
政⑫，使公卿至于列士⑬献诗，瞽⑭献曲，
史⑮献书，师箴，瞍⑯赋，矇⑰诵，百工⑱
谏，庶人传语，近臣尽规，亲戚补察，
瞽、史教诲⑲，耆⑳、艾㉑修之，而后王
斟酌㉒焉，是以事行而不悖。民之有口，
犹土之有山川也，财用于是乎出，犹
其有原㉓隰㉔衍㉕沃㉖也，衣食于是乎生。

---

⑩导:疏通。 ⑪宣:放,宣导。指开放言路。 ⑫听政:处理政事。
⑬列士:等级不同的士。 ⑭瞽:无目,失明的人。 ⑮史:史官。
⑯瞍:没有眸子的盲人。 ⑰矇:有眸子而看不见东西的人。 ⑱百
工:指百官。 ⑲教诲:教诲国君,令他改善治理方式。 ⑳耆:六十
岁的人。 ㉑艾:五十岁的人。 ㉒斟酌:权衡得失,决定取舍。
㉓原:宽阔而平坦的土地。 ㉔隰:低下而潮湿的土地。 ㉕衍:低
下而平坦的土地。 ㉖沃:有河流灌溉的土地。

5

口之宣言也，善败于是乎兴，行善而
备败，其所以阜㉗财用衣食者也。夫民
虑之于心而宣之于口，成而行之，胡
可壅也？若壅其口，其与能几何？"

王不听，于是国莫敢出言。三年，
乃流㉘王于彘。

选自《周语上》

㉗阜：增加，丰盛。　㉘流：流放，放逐。

《礼记》二则

一

大哉，圣人之道。洋洋①乎，发育万物，峻极②于天。优优③大哉，礼仪④三百，威仪⑤三千。待其人然后行。故曰：苟不至德，至道不凝⑥焉。故君子尊⑦德性而道问学。致⑧广大而尽精微。极高明⑨而道⑩中庸。温故而知新，敦厚以崇礼。

---

①洋洋：充满的样子，盛大无边的样子。 ②峻极：高峻到极点。
③优优：宽裕的样子，充足宽裕。 ④礼仪：礼的法度准则，古代礼节中的主要规范。 ⑤威仪：指古代典礼中的动作规范及待人接物的要求。 ⑥凝：指实现。 ⑦尊：遵循，遵守。 ⑧致：获得，获取。
⑨高明：最高的境界。 ⑩道：取道，指恪守。

是故居上不骄，为下不倍⑪。国有道，其言足以兴；国无道，其默足以容。《诗》曰："既明且哲⑫，以保其身。"其此之谓与⑬。

选自《中庸》

二

凡学之道，严⑭师为难。师严然后道尊，道尊然后民知敬学。是故君之所不臣⑮于其臣者二：当其为尸，则弗臣也；当其为师，则弗臣也。大学之礼，虽诏于天子，无北面，所以尊师也。

---

⑪倍：通"背"，背弃，违背。　⑫哲：智慧。　⑬与：即"欤"，表示感叹。　⑭严：尊敬。　⑮不臣：不以臣子相待。

善学者，师逸⑯而功倍，又从而庸之；不善学者，师勤⑰而功半，又从而怨之。善问者如攻⑱坚木，先其易者，后其节目⑲。及其久也，相说⑳以解。不善问者反此。善待问者如撞钟，叩之以小者则小鸣，叩之以大者则大鸣。待其从容，然后尽其声。不善答问者反此。此皆进学之道也。

选自《学记》

⑯逸：安闲。 ⑰勤：辛劳。 ⑱攻：加工。 ⑲节目：树木枝干交接处和纹理纠结不顺处。 ⑳说：解说，指印证。

7

《列子》一则 ★

　　太行、王屋二山，方①七百里，高万仞②，本在冀州之南，河阳之北。

　　北山愚公者，年且③九十，面山而居。惩④山北之塞，出入之迂⑤也，聚室而谋⑥曰："吾与汝毕力平险⑦，指通豫南，达于汉阴⑧，可乎？"杂然相许。其妻献疑曰："以君之力，曾不能损魁父之丘，如太行、王屋何？且焉置土

---

①方：方圆。　②仞：古代长度单位，以七尺或八尺为一仞。　③且：将近。　④惩：苦于。　⑤迂：绕远。　⑥聚室而谋：集合全家来商量。室，家。　⑦险：险阻，指太行、王屋二山。　⑧阴：山的北面或水的南面叫阴。

石？"杂曰："投诸⑨渤海之尾，隐土⑩之北。"遂率子孙荷担⑪者三夫，叩石垦壤，箕畚⑫运于渤海之尾。邻人京城⑬氏之孀妻有遗男⑭，始龀⑮，跳往助之。寒暑易节，始一反焉。

河曲智叟笑而止之曰："甚矣，汝之不惠⑯！以残年余力，曾不能毁⑰山之一毛，其如土石何？"北山愚公长息⑱曰："汝心之固，固不可彻⑲，曾⑳不若孀妻弱子。虽我之死，有子存焉。子又生

---

⑨诸：之于。　⑩隐土：古代传说中的地名,指十分遥远的地方。　⑪荷担：挑担子。　⑫箕畚：用竹片或柳条编成的器具。这里指用土筐装山石。　⑬京城：复姓。　⑭遗男：遗孤,单亲孤儿。　⑮始龀：刚换牙,七八岁。　⑯惠：通"慧",聪明。　⑰毁：损坏,毁损。　⑱长息：长叹。　⑲彻：通,开通。　⑳曾：竟然。

孙，孙又生子；子又有子，子又有孙：

子子孙孙无穷匮㉑也，而山不加增，何

苦而不平？"河曲智叟亡㉒以应。

操蛇之神闻之，惧其不已㉓也，告

之于帝。帝感其诚，命夸娥氏二子负㉔二

山，一厝㉕朔东，一厝雍南。自此，冀

之南，汉之阴，无陇断㉖焉。

选自《汤问》

㉑匮：竭尽的意思。　㉒亡：通"无"。　㉓已：停止。　㉔负：背上。

㉕厝：同"措"，放置。　㉖陇断：指高山。

8

《谏逐客书》节选 ★

李 斯

臣闻地广者粟多，国大者人众，
兵强则士勇。是以太山不让①土壤，故
能成其大；河海不择②细流，故能就其
深；王者不却③众庶④，故能明其德。
是以地无四方，民无异国，四时充美，鬼
神降福，此五帝三王之所以无敌也。今
乃弃黔首⑤以资⑥敌国，却宾客⑦以业⑧诸
侯，使天下之士退而不敢西向⑨，裹

---

①让：辞让，拒绝。 ②择：通"释"，挑选，指舍弃。 ③却：推却，拒
绝。 ④众庶：百姓。 ⑤黔首：黑巾裹头，指百姓。黔，黑。 ⑥资：资
助，供给。 ⑦宾客：客卿，即在秦国做官的异国人。 ⑧业：从业，侍
奉。 ⑨西向：到西面来，因秦国在诸侯的西面。

足^⑩不入秦，此所谓"藉^⑪寇兵^⑫而赍^⑬盗粮"者也。

---

⑩裹足：指停步。　⑪藉：通"借"。　⑫兵：武器。　⑬赍：送，送给。

《孔丛子》一则

子夏读《书》既毕，而见^①于夫子。夫子谓曰："子何为^②于《书》?"子夏对曰："《书》之论事也，昭昭然如日月之代^③明，离离然如星辰之错^④行。上有尧舜之道，下有三王之义，凡商之所受《书》于夫子者，志^⑤之于心，弗敢忘。虽退^⑥而穷居河济之间、深山之中，作壤室^⑦，编蓬户^⑧，常于此弹琴

---

①见:谒见,拜见。 ②为:指学习,领会。 ③代:交替。 ④错:交错,交互。 ⑤志:记忆。 ⑥退:离去,隐居。 ⑦壤室:土屋。 ⑧蓬户:蓬草编成的门户。

以歌先王之道，则可以发愤慷喟⑨，忘
己贫贱。故有人亦乐之，无人亦乐之。
上见尧舜之德，下见三王之义，忽⑩不
知忧患与死也。"夫子愀然⑪变容曰：
"嘻！子殆⑫可与言《书》矣。虽然，其
亦表之而已，未睹其里也。夫窥其门而
不入其室，恶⑬睹其宗庙⑭之奥，百官⑮
之美乎？"

---

⑨慷喟：感叹，指去除忧愁。 ⑩忽：迅速。 ⑪愀然：脸色变得严肃。 ⑫殆：差不多，大概。 ⑬恶：怎么，怎么能。 ⑭宗庙：祭祀祖宗的处所。 ⑮百官：指先王时的官制。

《潜夫论》一则

王符

凡山陵之高，非削成而崛起也，必步增而稍上焉；川谷之卑，非截断而颠①陷也，必陂池②而稍下焉。是故积上不止，必致嵩③山之高；积下不已，必极黄泉④之深。非独山川也，人行⑤亦然。有布衣⑥积善不怠，必致颜闵之贤；积恶不休，必致桀跖之名。非独布衣也，人臣亦然。积正不倦，必生

---

①颠：坠落，指低下。 ②陂池：倾斜不平的样子。 ③嵩：通"崇"。
④黄泉：地下的泉水。 ⑤行：品行。 ⑥布衣：平民，普通百姓。

节义之志；积邪不止，必生暴弑⑦之心。
非独人臣也，国君亦然。政教积德⑧，
必致安泰之福；举错⑨数失，必致危亡
之祸。故仲尼曰："汤武非一善而王⑩
也，桀纣非一恶而亡也。"三代之废兴
也，在其所积。积善多者，虽有一恶，
是为过失，未足以亡；积恶多者，虽
有一善，是为误⑪中，未足以存。人君
闻此，可以悚惧⑫；布衣闻此，可以改
容。是故君子，战战栗栗，日慎一日，
克己三省，不见是图⑬。孔子曰："善不

---

⑦弑：杀，一般针对君主。　⑧德：通"得"，指成果。　⑨错：通"措"，
处置。　⑩王：为王。　⑪误：这里指偶然。　⑫悚惧：惊惧。
⑬图：反复考虑。

积不足以成名⑭，恶不积不足以灭身⑮。"

小人以小善谓无益而不为也，以小恶谓

无伤而不去⑯也，是以恶积而不可掩，

罪大而不可解也。此蹶、蹻所以迷国而

不返，三季所以遂往⑰而不振者也。

选自《慎微第十三》

---

⑭成名：成就美好名声。　⑮灭身：使自身灭亡。　⑯去：去除。
⑰往：指衰败。

11

《典论·论文》节选

曹丕

盖文章，经①国之大业，不朽之盛事。年寿有时而尽，荣乐止乎其身，二者必至之常期②，未若文章之无穷。是以古之作者，寄身于翰墨③，见④意于篇籍，不假⑤良史之辞，不托飞驰之势，而声名自传于后。故西伯幽而演《易》，周旦显而制《礼》，不以隐约⑥而不务，不以康乐而加思⑦。夫然⑧，则

①经：治理。 ②常期：一定的限期。 ③翰墨：笔墨，指文章，也有文辞之意。 ④见：显露，表现。 ⑤假：借。 ⑥隐约：穷困。 ⑦加思：改变志向。加：转移。 ⑧然：如此，如此看来。

古人贱^⑨尺璧而重寸阴，惧乎时之过已。

而人多不强力^⑩，贫贱则惧于饥寒，富

贵流^⑪于逸乐，遂营目前之务，而遗千

载之功。日月逝于上，体貌衰于下，忽

然^⑫与万物迁化^⑬，斯^⑭亦志士之大痛也！

---

⑨贱：看轻，鄙视。 ⑩强力：努力。 ⑪流：放纵。 ⑫忽然：迅速的
样子。 ⑬迁化：变化。 ⑭斯：这。

《达庄论》节选

阮籍

天地生于自然[1]，万物生于天地。自然者无外，故天地名[2]焉。天地者有内，故万物生焉。当[3]其无外，谁谓异乎？当其有内，谁谓殊乎？地流其燥[4]，天抗[5]其湿。月东出，日西入。随以相从，解而后合。升谓之阳，降谓之阴。在地谓之理[6]，在天谓之文[7]。蒸谓之雨，散谓之风。炎[8]谓之火，凝谓

---

①自然：指天地万物产生之前的本来状态。 ②名：命名。 ③当：对着，面对。 ④燥：干燥。 ⑤抗：高。 ⑥理：条理。 ⑦文：花纹，纹理。 ⑧炎：燃烧。

之冰。形谓之石，象谓之星⑨。朔⑩谓

之朝，晦⑪谓之冥。通谓之川，回谓之

渊。平谓之土，积谓之山。男女同位，

山泽通气。雷风不相射⑫，水火不相

薄⑬。天地合其德，日月顺⑭其光。自然

一体，则万物经⑮其常。入谓之幽，出

谓之章⑯。一气⑰盛衰，变化而不伤。

是以重阴雷电，非异出也；天地日月，

非殊物也。故曰：自其异者视之，则

肝胆楚越也；自其同者视之，则万物

一体也。

---

⑨星：星星，这里指日月星辰。 ⑩朔：始，指早晨。 ⑪晦：晚上。
⑫射：厌弃。 ⑬薄：接近。 ⑭顺：适应。 ⑮经：行，运行。 ⑯章：同
"彰"，凸显、明显。 ⑰气：这里指构成天地万物的基本物质。

13

秋日登洪府滕王阁饯别序

王　勃

南昌故郡，洪都新府。星分翼轸，地接衡庐。襟①三江而带②五湖，控蛮荆而引瓯越。物华天宝，龙光射牛斗之墟③；人杰地灵，徐孺下陈蕃之榻。雄州雾列，俊采星驰。台隍枕④夷夏之交，宾主尽东南之美。都督阎公之雅望，棨戟⑤遥临；宇文新州之懿范，襜帷⑥暂驻。十旬休暇，胜友⑦如云；千

---

①襟:把……作衣襟。　②带:以……为带。　③墟:域,区域。　④枕:占据,地处。　⑤棨戟:外有赤黑色缯作套的木戟,是一种仪仗用品。　⑥帷:车子的帐幔,指车马。　⑦胜友:才德出众的朋友。

里逢迎，高朋满座。腾蛟起凤，孟学士之词宗；紫电⑧青霜⑨，王将军之武库。家君⑩作宰⑪，路出⑫名区⑬，童子何知，躬⑭逢胜饯。

时维九月，序⑮属三秋⑯。潦水⑰尽而寒潭清，烟光凝而暮山紫。俨⑱骖骓⑲于上路，访风景于崇阿⑳。临帝子之长洲，得㉑仙人之旧馆。层台耸翠，上出重霄；飞阁流丹，下临无地。鹤

---

⑧紫电：宝剑名。 ⑨青霜：指宝剑锋利。 ⑩家君：对自己父亲的谦称，指王福畤。 ⑪宰：官吏，此指县令。 ⑫出：过。 ⑬名区：名胜的地区，指南昌。 ⑭躬：亲自。 ⑮序：时序，指春夏秋冬的季节次序。 ⑯三秋：秋天的第三个月，季秋。 ⑰潦水：因雨大而蓄积的水。 ⑱俨：通"严"，整治。 ⑲骖骓：指驾车的马。即车马。 ⑳崇阿：高大的陵丘，此指高大的滕王阁。 ㉑得：登。

13

汀^㉒凫^㉓渚^㉔，穷岛屿之萦回^㉕；桂殿兰宫，列冈峦之体势。

披^㉖绣闼^㉗，俯雕甍^㉘。山原旷其盈视^㉙，川泽纡其骇瞩。闾阎扑地，钟鸣鼎食之家；舸舰迷津^㉚，青雀黄龙之舳。虹消雨霁^㉛，彩彻^㉜云衢^㉝。落霞与孤鹜^㉞齐飞，秋水共长天一色。渔舟唱晚，响穷^㉟彭蠡之滨；雁阵惊寒，声断衡阳之浦。遥吟俯畅，逸兴遄^㊱飞，爽^㊲籁^㊳发而清风生，纤歌凝而白云

㉒汀：水边陆地。 ㉓凫：野鸭。 ㉔渚：水中小洲。 ㉕萦回：曲折。 ㉖披：开。 ㉗闼：门。 ㉘甍：屋脊。 ㉙盈视：满目皆是。即望不尽之意。 ㉚津：渡口。 ㉛霁：雨后转晴。 ㉜彻：通贯。 ㉝云衢：云中的道路，指天空。 ㉞鹜：野鸭。 ㉟穷：指传遍。 ㊱遄：迅速。 ㊲爽：参差不齐。 ㊳籁：指箫管类的乐器。

13

遏^㊿。睢园绿竹，气凌^⑩彭泽之樽；邺
水朱华^㊶，光照临川之笔。四美^㊷俱，
二难^㊸并。穷睇眄^㊹于中天，极娱游于
暇日。天高地迥^㊺，觉宇宙之无穷；兴尽
悲来，识盈虚^㊻之有数。望长安于日下，
指吴会^㊼于云间。地势极^㊽而南溟^㊾深，天
柱高而北辰^㊿远。关山难越，谁悲失路
之人？萍水相逢，尽是他乡之客。怀
帝阍^㊿而不见，奉宣室以何年？

㊸遏：阻，留。 ⑩凌：胜。 ㊶朱华：即荷花。 ㊷四美：良辰、美景、
赏心、乐事。 ㊸二难：主人贤惠，宾客雅好。 ㊹睇眄：顾盼，指目
光左右浏览。 ㊺迥：远。 ㊻盈虚：消长，指变化。 ㊼吴会：指苏
州。 ㊽极：远，指辽阔。 ㊾南溟：南海。 ㊿北辰：北极星，比喻国
君。 ㊿帝阍：指帝王所居的地方。

嗟乎！时运不齐㉜，命途多舛㉝！冯唐易老，李广难封。屈贾谊于长沙，非无圣主；窜梁鸿于海曲㉞，岂乏明时？所赖君子安贫，达人知命。老当益壮，宁移白首之心？穷㉟且益坚，不坠青云之志。酌贪泉而觉爽，处涸辙㊱以犹欢。北海㊲虽赊㊳，扶摇㊴可接；东隅㊵已逝，桑榆非晚。孟尝高洁，空怀报国之情；阮籍猖狂，岂效穷途之哭！

㉜齐：通"济"，指佳。　㉝舛：相背，不顺。　㉞海曲：海滨，指齐鲁地区。　㉟穷：处于困窘。　㊱涸辙：水枯竭了的车辙。　㊲北海：指北方某个边远的地方。　㊳赊：远。　㊴扶摇：自下而上的暴风。　㊵东隅：东方日出处，指青年时期。

13

勃，三尺⑥微命⑥，一介⑥书生。无
路请缨，等⑥终军之弱冠⑥；有怀投笔，
慕宗悫之长风。舍簪笏于百龄，奉
晨昏于万里。非谢家之宝树，接⑥孟氏
之芳邻。他日趋庭⑥，叨陪⑥鲤对；今晨
捧袂⑥，喜托⑦龙门。杨意不逢，抚⑦凌
云⑦而自惜；锺期既遇，奏《流水》以
何惭！

呜呼！胜地不常，盛筵难再⑦。

---

⑥三尺：或言指三尺童子。 ⑥微命：指官阶卑微。 ⑥介：同"芥"，
小草。 ⑥等：等于，指相同。 ⑥弱冠：指二十岁。 ⑥接：即"结"，
结交。 ⑥趋庭：快步走过庭前。 ⑥陪：陪同，指效仿。 ⑥袂：衣
襟。 ⑦托：托足，登。 ⑦抚：占有，拥有。 ⑦凌云：本指超出尘世，
这里指像司马相如一样的才华。 ⑦再：第二次。

兰亭已矣，梓泽丘墟。临别赠言，幸
承恩于伟饯㋔；登高作赋，是所望于
群公。敢竭鄙怀，恭疏㋕短引。一言㋖均
赋，四韵俱成。请洒潘江，各倾陆海
云尔。

㋔伟饯：盛大的饯别宴会。　㋕疏：条陈，指写。　㋖一言：即
一字。

捕蛇者说

柳宗元

永州之野^①产异^②蛇，黑质而白章^③；

触草木，尽死；以啮^④人，无御^⑤之者。

然得而腊^⑥之以为饵^⑦，可以已^⑧大风、挛

踠、瘘、疠，去死肌，杀三虫。其始，太

医^⑨以王命聚之，岁赋其二。募^⑩有能捕

之者，当其租入^⑪，永之人争奔走焉。

有蒋氏者，专其利三世矣。问

之，则曰："吾祖死于是，吾父死于是，

---

①野：郊外。 ②异：奇特的。 ③章：花纹。 ④啮：咬。 ⑤御：抵挡。
⑥腊：干肉。这里指风干。 ⑦饵：药物。 ⑧已：止，治愈。 ⑨太医：皇
帝的医生，又称御医。 ⑩募：招募。 ⑪入：纳，指税。

14

今吾嗣⑫为之十二年，几⑬死者数⑭矣。"

言之，貌若甚戚⑮者。余悲之，且曰：

"若⑯毒⑰之乎？余将告于莅⑱事者，更若

役，复⑲若赋⑳，则何如？"蒋氏大戚，

汪然㉑出涕曰："君将哀而生之乎？则

吾斯役之不幸，未若复吾赋不幸之甚

也。向㉒吾不为斯役，则久已病㉓矣。自

吾氏三世居是乡，积于今六十岁矣，而

乡邻之生日蹙㉔，殚㉕其地之出，竭其

庐㉖之入，号呼而转徙，饥渴而顿踣㉗，

---

⑫嗣：继承。 ⑬几：几乎，差点儿。 ⑭数：屡次，多次。 ⑮戚：悲伤。

⑯若：你。 ⑰毒：怨恨。 ⑱莅：管理。 ⑲复：恢复。 ⑳赋：赋税。

㉑汪然：满眼含泪的样子。 ㉒向：先前。 ㉓病：困苦不堪。

㉔蹙：窘迫。 ㉕殚：尽。 ㉖庐：家。 ㉗顿踣：由于劳累困顿而跌倒。

触风雨，犯^㉘寒暑，呼嘘毒疠，往往而死者相藉^㉙也。曩^㉚与吾祖居者，今其室十无一焉；与吾父居者，今其室十无二三焉；与吾居十二年者，今其室十无四五焉。非死则徙^㉛尔！而吾以捕蛇独存。悍吏之来吾乡，叫嚣^㉜乎东西，隳突^㉝乎南北，哗然而骇^㉞者，虽鸡狗不得宁焉。吾恂恂^㉟而起，视其缶^㊱，而吾蛇尚存，则弛然而卧。谨食^㊲之，时而献焉。退而甘食其土之有，以尽吾齿^㊳。盖

㉘犯：冒。 ㉙相藉：互相枕压，指死者众多。 ㉚曩：昔日，从前。 ㉛徙：迁移。 ㉜叫嚣：叫喊。 ㉝隳突：破坏奔突，指骚扰。 ㉞骇：惊，指惊叫。 ㉟恂恂：小心翼翼。 ㊱缶：瓦罐。 ㊲食：喂养。 ㊳齿：年龄，年岁。

一岁之犯死者二焉；其余，则熙熙³⁹而乐，岂若吾乡邻之旦旦有是哉！今虽死乎此，比吾乡邻之死则已后矣，又安敢毒耶？"

余闻而愈悲。孔子曰："苛政猛于虎也。"吾尝疑乎是，今以蒋氏观之，犹信。呜呼！孰知赋敛之毒有甚⁴⁰是蛇者乎？故为之说，以俟⁴¹夫观人风⁴²者得焉。

㊴熙熙:安乐的样子。 ㊵甚:超过。 ㊶俟:等待。 ㊷人风:即民风。唐代为避唐太宗李世民的讳,用"人"字代"民"字。

《诗经》一首★

关雎

关关^①雎鸠，在河之洲。

窈窕淑女，君子好逑^②。

参差荇菜^③，左右流^④之。

窈窕淑女，寤寐^⑤求之。

求之不得，寤寐思服^⑥。

悠哉悠哉，辗转反侧。

参差荇菜，左右采之。

窈窕淑女，琴瑟友之。

---

①关关：象声词，鸟的和鸣声。 ②好逑：好的配偶。 ③荇菜：水生植物，根、茎、叶都可以食用。 ④流：求取。 ⑤寤寐：醒和睡，代指日夜。 ⑥思服：思念。

cēn cī xìng cài　　zuǒ yòu mào zhī
参差荇菜，左右芼⑦之。

yǎo tiǎo shū nǚ　　zhōng gǔ lè zhī
窈窕淑女，钟鼓乐之。

xuǎn zì　　guó fēng　　zhōu nán
选自《国风·周南》

---

⑦芼：采摘，择取。

《赠从弟》其二 ★

刘 桢

亭亭①山上松，瑟瑟②谷中风。

风声一何③盛④，松枝一何劲！

冰霜正惨凄⑤，终岁常端正。

岂不罹⑥凝寒⑦？松柏有本性。

---

①亭亭：端正耸立的样子。 ②瑟瑟：形容寒风的声音。 ③一何：多么。 ④盛：大，指凶猛。 ⑤惨凄：凛冽，严酷。 ⑥罹：遭受。 ⑦凝寒：严寒。

yǒng liǔ
咏 柳 ★

hè zhī zhāng
贺 知 章

bì yù zhuāng chéng yí shù gāo
碧玉①妆②成一树高，

wàn tiáo chuí xià lǜ sī tāo
万条垂下绿丝绦③。

bù zhī xì yè shuí cái chū
不知细叶谁裁出，

èr yuè chūn fēng sì jiǎn dāo
二月春风似剪刀。

①碧玉：碧绿色的玉。这里用以比喻春天嫩绿的柳叶。②妆：装饰，打扮。 ③绦：用丝线编织而成的带子。

登 高 ★

杜 甫

风急天高猿啸哀,

渚①清沙白鸟飞回②。

无边落木③萧萧④下,

不尽长江滚滚来。

万里悲秋常作客,

百年⑤多病独登台。

艰难苦⑥恨⑦繁⑧霜鬓,

潦倒⑨新停浊酒杯。

①渚:水中的小块陆地。 ②回:回旋。 ③落木:指秋天飘落的树叶。 ④萧萧:模拟草木飘落的声音。 ⑤百年:犹言一生,这里借指晚年。 ⑥苦:极。 ⑦恨:遗憾。 ⑧繁:这里作动词,增多。 ⑨潦倒:衰颓,失意。这里指衰老多病,志不得伸。

雁门太守行★

李　贺

黑云压城 城欲摧①，

甲光②向日金鳞开。

角③声满天秋色里，

塞④上燕脂⑤凝夜紫⑥。

半卷红旗临⑦易水，

霜重鼓寒声不起⑧。

报君黄金台上意⑨，

提携玉龙⑩为君死。

①摧：折断，这里指倒塌。　②甲光：铠甲迎着太阳闪出的光。
③角：古代的军号。　④塞：边塞。　⑤燕脂：即"胭脂"。　⑥紫：这
一带长城附近的泥土多为紫色。　⑦临：接近。　⑧不起：是说鼓声
低沉不扬。　⑨意：信任，重用。　⑩玉龙：宝剑的代称。

20

bó chuán guā zhōu
泊船瓜洲 ★

wáng ān shí
王安石

jīng kǒu guā zhōu yì shuǐ jiān
京口瓜洲一水^①间，

zhōng shān zhǐ gé shù chóng shān
钟山只隔数重山。

chūn fēng yòu lǜ jiāng nán àn
春风又绿^②江南岸，

míng yuè hé shí zhào wǒ huán
明月何时照我还？

①一水：一条河。 ②绿：吹绿，变绿。

临江仙

夜登小阁，忆洛中旧游★

陈与义

忆昔午桥桥上饮，坐①中多是豪英②。长沟流月③去无声。杏花疏影④里，吹笛到天明。

二十余年如一梦，此身虽在堪惊⑤。闲登小阁⑥看新晴⑦。古今多少事，渔唱⑧起三更。

---

①坐：座位。 ②豪英：杰出的人物。 ③长沟流月：月光随着流水悄悄地消逝。 ④疏影：稀疏的影子。 ⑤堪惊：可惊。 ⑥阁：阁楼。 ⑦新晴：指雨后初晴的月色。 ⑧渔唱：打鱼人编的歌儿。

满江红·写怀

岳 飞

怒发冲冠，凭阑①处、潇潇②雨歇。抬望眼③、仰天长啸④，壮怀激烈。三十功名尘与土，八千里路云和月。莫等闲⑤、白了少年头，空悲切⑥。

靖康耻，犹未雪。臣子恨，何时灭。驾长车，踏破贺兰山缺。壮志饥餐胡虏⑦肉，笑谈渴饮匈奴血。待从头、收拾旧山河，朝天阙⑧。

---

①阑，即"栏"。 ②潇潇：风雨声。 ③抬望眼：抬头遥望。 ④啸：撮口发出长而清越的声音。 ⑤等闲：轻易，随便。 ⑥悲切：哀痛。 ⑦胡虏：对女真贵族入侵者的蔑称。 ⑧天阙：宫殿前的楼观，指朝廷。

23

西江月
xī jiāng yuè

夜行黄沙道中 ★
yè xíng huáng shā dào zhōng

辛弃疾
xīn qì jí

明月别枝^①惊鹊，清风半夜鸣蝉^②。
míng yuè bié zhī jīng què　qīng fēng bàn yè míng chán

稻花香里说丰年，听取蛙声一片。
dào huā xiāng lǐ shuō fēng nián　tīng qǔ wā shēng yí piàn

七八个星天外，两三点雨山前。
qī bā gè xīng tiān wài　liǎng sān diǎn yǔ shān qián

旧时^③茅店社^④林边，路转溪头忽见^⑤。
jiù shí máo diàn shè lín biān　lù zhuǎn xī tóu hū xiàn

---

①别枝:斜出的树枝。 ②鸣蝉:蝉叫声。 ③旧时:往日。 ④社:土地庙。 ⑤见:出现,展现。

《己亥杂诗》其五 ★

龚自珍

浩荡①离愁白日斜，

吟鞭②东指即天涯。

落红③不是无情物，

化作春泥更护花。

---

①浩荡：广阔，无限。 ②吟鞭：诗人的马鞭。 ③落红：落花。

《论语》四章

题 解

《论语》是儒家经典之一，记孔子的言行、答弟子问及弟子之间的谈话，是研究孔子思想及儒家学说的重要资料，由孔子的弟子及再传弟子编订。本书所选四章，主要讲仁、孝等个人修养以及提升修养的途径等，这些都是孔子与弟子讨论的重要话题。

作 者

孔子，名丘，字仲尼，春秋末期鲁国陬邑（今山东曲阜）人。著名的思想家和教育家。他开办私学，有教无类，广收门徒，弟子甚众，被后人尊为"圣人"。在长期的教育教学实践中，他总结出了一套行之有效的方法；为了教学的需要，他整理、编订了《诗》《书》《礼》《乐》《易》《春秋》，成为我们民族文化的经典。他的学说经过改造，被引入科举，成为中国古代思想的正统。

注 释

子夏：孔子的学生卜商，字子夏。

色难：对父母和颜悦色是很难做到的。

有事，弟子服其劳：有事情，年轻人效劳。

曾是以为孝乎：难道这样就是孝吗？

曾子：孔子的学生曾参。

不亦重乎：不是很重大吗？

子绝四：孔子戒除了四种毛病。

毋意，毋必，毋固，毋我：不凭空揣测，不主观武断，不顽固拘泥，不自以为是。

子贡：孔子的学生端木赐，字子贡。

为仁：培养仁德。

事其大夫之贤者，友其士之仁者：服侍这个国家中有仁德的大夫，与这个国家中有仁德的士人结为朋友。

《老子》二章

题　解

《老子》又称《道德经》，是道家的主要经典。全书五千余言，分八十一章。说理精辟，近于格言，富于启发性，对中国哲学的发展有很大影响。本书所选两章，主要阐释了道的神奇，它深邃而幽隐，不以形体显现，不易为一般人所察觉，但善于助力万物并使它完成。

作　者

老子，姓李，名耳，一说为老聃，楚国苦县（今河南鹿邑东）人。春秋时代的思想家，曾任周朝管理藏书的史官，之后出关退隐。他用"道"阐述宇宙万物的演变，主张道法自然、绝圣弃智、无为而治，成为道家学派的创始人。其著作有六十多种译文，是全人类共同的财富。

注　释

道：《老子》中的"道"有很多含义。这里指人类行为的准则。

若存若亡：似有似无，将信将疑。

明道若昧：引人明理的道，好像让人感到昏暗不明。

进道若退：引导前进的道，好像让人感到后退不前。

上德若谷：高尚的道德，好像是川谷一样低下。

广德若不足：最广大的德行好像不充足。

建德若偷：刚健的品德，好像是怠惰疲沓。

质真若渝：质朴的真理，好像是虚无善变。

大方无隅：最大的空间，在其中看不到棱角。

大音希声：最大的声音，在其中听不到声音。

大象无形：最大的形象，在其中看不到形状。

道隐无名：道隐奥难见，无法命名。

夫唯道，善贷且成：只有道，才善于协助万物，使它们得以完成。

知不知，尚矣：知道自己不知道，最好。

不知知，病也：不知道，却自以为知道，就是缺点。

圣人不病，以其病病：圣人之所以没有缺点，是因为他把自己的缺点看作是缺点。

夫唯病病，是以不病：正因为把自己的缺点看作缺点，所以他没有缺点。

《孟子》二则

题　解

　　《孟子》是儒家重要经典，现存七篇，每篇又分为上、下。该书记述了孟子与弟子的言论与活动，行文讲求逻辑，富于机智，从具体到抽象，从政治、人生到哲学，构成一个完整的体系。本书所选两则，主要反映了孟子的仁道观念和民本思想。

作　者

　　孟子，名轲，字子舆，邹国（今山东邹城）人。战国时哲学家、思想家和教育家，儒家学派的主要代表人物。他继承并发展了孔子的思想，主张性善论，提出"民为贵，社稷次之，君为轻"的民本思想，被称为"亚圣"。他的文章长于论辩，富于鼓动性和感染力，对后世影响深远。

注　释

放其心而不知求：丢失自己本心却不知道寻找。

人有鸡犬放：有的人丢失了鸡、犬。

有放心：有的人丢失本心。

求其放心而已矣：只是把那丢掉的本心寻找回来罢了。

社稷：指国家。社，土神；稷，谷神。

得乎丘民：得到众多百姓的拥护。

诸侯：先秦时由天子分封的各国国君。

大夫：先秦时由天子及诸侯分封的臣属。

牺牲既成，粢盛既絜，祭祀以时：祭礼用的牲畜很肥壮，用的谷物也很洁净，又按一定的时候去祭祀。

然而旱干水溢，则变置社稷：即使这样，却还是出现旱灾、水灾，就改立土神谷神。

《庄子》一则

题 解

《庄子》是道家重要经典，又名《南华经》，为战国时庄子及其门人所著，主要反映了庄子的哲学、艺术、美学等思想。《庄子》内容丰富、博大精深，涉及政治、社会、人生、艺术、宇宙生成论等诸多方面，不仅是哲学名作，更是寓言杰作。本书所选"庖丁解牛"出自《庄子·养生主》，揭示了一种养生处事的方法，即只要掌握客观规律，灵活运用，就能从必然中解放出来，获得"游刃有余"的自由。

作 者

庄子，名周，战国时期宋国蒙人。他对语言运用自如，能把微妙难言的哲理说得引人入胜。因其思想源于老子，并发展弘扬了道家学说，故与老子并称"老庄"，同为先秦时期的道家代表人物。他对后世影响长远，于唐代天宝初期被诏封为南华真人，其作品也被奉为《南华经》。

注　释

庖丁：名叫丁的厨师。庖，厨师；丁，厨师的名字。先秦古书往往把职业放在人名前。

奏刀騞然：刀在牛的关节和骨肉之间游动，发出更大的哗哗声。

莫不中音：这些响声全都合于音乐的旋律。

合于《桑林》之舞：解牛的动作合乎《桑林》乐舞中的舞蹈动作。《桑林》：商代的乐舞。

乃中《经首》之会：解牛的声音还合乎《经首》乐章的节奏。《经首》：尧时乐曲《咸池》中的一章。

文惠君：即魏惠王，也称梁惠王。

技盖至此乎：技术怎么会高超到这种程度啊？

臣之所好者道也，进乎技矣：我所探究的，是解牛的规律，已经超出您所说的一般技术了。

所见无非全牛者：所看见的牛，没有一头不是完整的。

臣以神遇而不以目视：我用精神和牛接触，而不必用眼睛去看了。

官知止而神欲行：感觉器官停止了活动，而精神仍然在运行。

依乎天理：顺着牛身上天生的结构。

批大郤，导大窾：用刀砍筋骨连接处的空隙，把刀尖指向骨节间大的孔穴。

因其固然：刀子始终顺着牛体自身固有的结构运行。

技经肯綮之未尝，而况大軱乎：筋骨结合的地方都不曾用刀，更何况是大的骨头呢？

良庖岁更刀，割也：好的厨师每年更换刀具，是因为他没有按照结构解牛，只会去硬割。

族庖：普通的厨师。

而刀刃若新发于硎：但刀刃像刚刚从磨刀石上磨出来的一样。

彼节者有间，而刀刃者无厚：那骨节之间有空隙，而刀刃并没有厚度。

恢恢乎其于游刃必有余地矣：那空隙对于游走的刀刃必定是有相对宽绰的地方了。

怵然为戒：为它而十分警惕地戒备起来。

视为止，行为迟：视力为之集中在某一点上，动作为之缓慢下来。

謋然已解，如土委地："哗"的一声，牛已分解完，牛的骨肉就像泥土一样落在地上。

得养生焉：从中懂得了养生之道。

5

《国语》一则

题　解

　　《国语》是一部先秦时期的历史文献汇编，分别记载了周、鲁、齐、晋、郑、楚、吴、越八个国家的史事，上起西周穆王十二年即公元前990年，下至东周定王十六年即公元前453年。《国语》记载的内容主要是当时各级贵族与治国相关的言论，虽以记言为主，但往往会用简略的语言交代事件的前因后果，因此各篇的记载相对完整独立。本书所选"邵公谏厉王弭谤"出自《国语·周语》，记述邵公劝谏周厉王不要阻止百姓指责朝政过失，提出"防民之口，甚于防川"的观点，反对君王用杀人的办法来消除异议。

作　者

　　司马迁在《报任安书》中说："左丘失明，厥有《国语》。"所以，一般认为《国语》为左丘明所撰。左丘明单姓左，名丘明，曾任鲁国史官。他为解析孔子所撰的《春秋》而著《左传》，又著《国语》。《左传》《国语》两书，记录不少西周、春秋的重要史事，史料翔实，文笔生动。有人将《左传》称作"春秋内传"，而将《国语》称作"春秋外传"。

注 释

邵公谏厉王弭谤：邵公，周王的卿士。邵，一作"召"。厉王，周厉王。

民不堪命矣：人民忍受不住暴虐的政令了。

以告，则杀之：巫者把公开提出批评意见的人上报，厉王就把这些人杀掉。

国人莫敢言，道路以目：都城居民没有谁敢再公开谈论，于路上相遇，只是用眼睛看看示意。

吾能弭谤矣：我能遏止对国家政策的批评了。

是障之也。防民之口，甚于防川：这是阻挡了百姓的议论呀！堵住百姓的嘴，其后果比堵塞河流更加严重。

是故为川者决之使导：因此，治理河水的人要给河流开掘河口，使它得以疏通。

公卿至于列士献诗：三公九卿列位士人对政治有所赞颂或讽谏，可用献诗的方式表达。

瞽献曲：乐官进献反映民意的歌曲。古代以盲人为乐师，故瞽代指乐师。

师箴：少师进献箴言。少师，一种乐官。箴言，寓有劝诫意义的文辞。

瞍赋：瞍朗诵公卿列士所献的诗给国君听。

矇诵：矇诵读史官和少师所献的书、箴。

63

庶人传语：百姓通过别人转达自己的意见。

近臣尽规：国王左右亲近的人，尽力规谏。

亲戚补察：父母兄弟等弥补国王的过失，督查是非。

耆、艾修之：国王的老师及朝中的老臣对王的过失要提出警诫。耆、艾，老人，这里指元老们。

而后王斟酌焉：而后由国王仔细考虑，决定取舍。

是以事行而不悖：因此，政事得以推行，并不违背情理。

犹其有原隰衍沃也：犹如在那些高低不平的地中，有平坦肥沃的良田。

成而行之：意见成熟后，就传播开来。

胡可壅也：怎么能够堵塞呢？

其与能几何：能帮助您的有几个人呢？

三年，乃流王于彘：过了三年，把国王放逐到彘地去。彘，地名，在今山西省霍州境内。

《礼记》二则

题 解

　　《礼记》是儒家关于"礼"的经典著作之一，与《周礼》《仪礼》并称"三礼"。《礼记》又称《小戴礼记》，是由西汉戴圣编纂的先秦至秦汉时期共四十九篇解说《仪礼》的文献合辑。与枯燥难懂的《仪礼》不同，《礼记》不仅记载了许多生活中实用性较强的仪节，而且详尽地论述了各种典礼的意义和制礼的精神，并多格言警句，所以后来居上，取代《仪礼》成为"五经"之一。

　　本书所选第一则出自《礼记·中庸》，主要讲明君子的修养和处世之道。本书所选第二则出自《礼记·学记》，主要讲尊师重道的意义和"善问""善学"的重要性。

作 者

　　《礼记》是由西汉时期经学家戴圣广泛搜集编订而成的，已是学界公论。至于具体作者，大多数学者都认可《汉书·艺文志》的说法，认为《礼记》是"七十子后学者所记也"。也就是说，《礼记》出自孔子弟子或再传弟子之手。但具体到每一篇文章的作者，前人的说法各有不同。如《中庸》，一般认为是孔子的嫡孙孔伋即子思所作。又如

《学记》，有人认为它的作者是乐正克，但大多学者不赞同
这样的说法。

注　释

待其人然后行：必须依靠等待合适的有德人才能实行。

苟不至德，至道不凝焉：如果没有极高的德行，那么
至高无上的道是不可能实现的。

尊德性而道问学：尊崇道德修养，而又注重知识和
学问。

致广大而尽精微：获取最广博的知识达到广博境界，
而又钻研知识中的精微之处。

极高明而道中庸：认识达到最高的境界，而行为没有
过失与不及的缺点。中庸，无过无不及，恰到好处。这是
儒家所推崇的最高的道德准则。

温故而知新：温习已学过的旧知识，从而获得新见解。

居上不骄，为下不倍：身处上位时，不骄傲；处于下
位时，也不违背礼仪。

国有道，其言足以兴；国无道，其默足以容：在国家
政治清明的时候，他的言论足以使国家兴盛；在国家政
治昏暗的时候，他的沉默又足以使自己的声誉与生命得
到保全。

既明且哲，以保其身：既明智达观，又聪慧圆融，足

以保全自己。这两句诗出自《诗经·大雅·烝民》。

其此之谓与：应该说的就是这种人吧。

凡学之道，严师为难：在学习的一切准则中，尊敬老师是最难做到的。

是故君之所不臣于其臣者二：所以君王不把臣子以臣子之礼相待的有两种情形。

当其为尸，则弗臣也：当他的臣子充当祭祀时的"尸"的时候，就不可把他作为臣子来对待。尸，古代祭祀时，代表逝者接受祭祀的人。

大学之礼，虽诏于天子，无北面，所以尊师也：按照大学之中的礼仪，老师即使是被天子召见，也无须面向北对天子行臣礼，这就是为了表达尊敬老师。大学，大人之学。贵族子弟的学制为两级，即小学和大学。

善学者，师逸而功倍：善于学习的人，老师费力不大但功效却成倍地增长。

又从而庸之：又把成倍增加的学习成效归功于老师。

师勤而功半，又从而怨之：老师勤苦教导而学习的功效却只及常人的一半，又因学习成效不高而怨恨老师。

善问者如攻坚木：会提问的人，好像是木工加工坚实的树木。

及其久也，相说以解：等到时间一长，由易后难的提问使所提出的问题能在愉悦的气氛中得到解决。

待其从容，然后尽其声：等老师按部就班地提示，然后让学子逐渐把内容申述明白。

《列子》一则

题　解

　　《列子》相传为战国时郑国人列御寇所作。尽管《汉书·艺文志》在道家类中著录有《列子》，但大多数学者都认为，今本《列子》出于魏晋时期。实际上，今本《列子》保存了包括古本《列子》佚文在内的不少先秦文献资料，此外也有一部分内容为后人附益而成。

　　流传至今的《列子》题材广泛，内容多为民间故事、寓言和传说，大多反映了古代劳动人民反抗不公的精神和战胜自然的强烈愿望，极富教育意义。本书所选"愚公移山"正是对《列子》文本中核心思想的充分注解。

作　者

　　列子，名御寇，亦作圄寇，又名寇，字云，战国时期郑国人，古帝王列山氏之后。他是介于老子与庄子之间道家学派承前启后的重要人物，其学本于黄帝老子，主张清静无为，归同于老庄，被道家尊为前辈。

注　释

　　太行：太行山，在黄土高原和华北平原之间。

7

王屋：王屋山，在山西晋城市阳城县、运城市垣曲县与河南济源之间。

冀州：古代九州之一，包括现在河北省、山西省以及河南省黄河以北和辽宁省辽河以西的地区。

河阳：这里指黄河北岸。阳，水的北面或山的南面为阳。

惩山北之塞：苦于住在山北所面临的阻塞。

吾与汝毕力平险：我和你们尽力铲平两座大山。

指通豫南：直通豫州南部。豫州，古代九州之一。相当于今天的河南大部及山东、湖北部分地区。

汉阴：汉水的南面。阴，山的北面或水的南面叫阴。

曾不能损魁父之丘：连魁父这座小山包都挖不掉。魁父，古代一座小山的名称，在现今河南省开封市祥符区陈留镇境内。

如太行、王屋何：能把太行、王屋怎么样呢？

且焉置土石：再说，把挖下来的土和石头放到哪里去呢？

遂率子孙荷担者三夫：于是愚公就带领三个能挑担子的成年子孙。

叩石垦壤：凿石头，挖泥土。

邻人京城氏之孀妻：邻居京城家的寡妇。

寒暑易节：冬夏换季，指一年。

7

始一反焉：才往返一次。

河曲：古地名，在今山西省芮城县西。

甚矣，汝之不惠：你实在太不明智了。

虽我之死，有子存焉：即使我死了，还有孩子生活在这里。

无穷匮也：是不会穷尽的。

何苦而不平：何必忧虑挖不平呢？

操蛇之神：神话中的山神，其形象为手里拿蛇，所以叫操蛇之神。

告之于帝：把这件事报告给天帝。

夸娥氏二子：夸娥氏的两个儿子。传说这两个儿子都是大力神。

朔东：就是朔方以东地区，指山西省的东部。

雍南：雍州的南部。雍州，古代九州之一，现今陕西、甘肃省一带地区。

李　斯　《谏逐客书》节选

题　解

《谏逐客书》是李斯上奏秦王嬴政的奏章。秦王政十年（前237），宗室贵族借韩国派水工修灌溉渠，阴谋消耗秦的国力，进言秦王驱逐外国客卿。秦王接受了他们的建议，下逐客令，李斯也在被逐之列。他闻讯后，立即作文劝谏秦王。

全文说理透辟，富有文采，令秦王取消了逐客令。本书所选部分是《谏逐客书》将近结尾的段落，鞭辟入里，犹如豹尾，具有很强的说服性。

作　者

李斯，战国时期楚国上蔡（今河南上蔡县）人。他曾师从荀子学"帝王之术"，于秦王政元年入秦，在协助秦始皇统一中国的事业中发挥了重要作用。秦统一全国后，李斯任丞相，又协助秦始皇推行"车同轨，书同文"等措施。秦二世即位后，李斯因受赵高陷害，被腰斩于咸阳。他的文章论证严密，气势贯通，其文学和文字的造诣令后人赞叹。

注　释

是以太山不让土壤：因此，泰山不拒绝外来的泥土。太山，即泰山，在今山东省。

故能成其大：所以能成就它的高大。

就其深：成就它的深邃。

王者不却众庶：君王不拒绝归附的百姓。

地无四方：土地不要区分东南西北四方。

民无异国：百姓不要强分为不同的国度。

四时充美：这样四季就会非常美好。

五帝：传说中的五个帝王，通常指黄帝、颛顼、帝喾、尧、舜。

三王：通常指夏禹、商汤、周文王或夏禹、商汤、周武王。

却宾客以业诸侯：拒绝任用客卿，结果成就其他诸侯的事业。

此所谓"藉寇兵而赍盗粮"者也：这就是人们所说的，把武器借给敌寇，又把粮食送给盗贼。

《孔丛子》一则

题　解

　　《孔丛子》托名秦代孔鲋撰，后人怀疑是三国时王肃所作。今本七卷，其主要记叙了孔子及子思、子上、子高、子顺、子鱼等人的言行，类似"孔家杂记"，能够表达作者的一些儒学理念。本书所选出自《孔丛子·论书》，反映了孔子对《尚书》中一些内容的理解和对学生的为学指导。

作　者

　　《孔丛子》最早见于曹魏时期皇甫谧所撰《帝王世纪》中的引述，直到《隋书·经籍志》，才题为"陈胜博士孔鲋撰"。但是从宋代开始，"孔鲋撰"就受到质疑。现代学者大多数认为，《孔丛子》的最后成书年代，当在东晋时期。

注　释

　　子夏：孔子的学生卜商。后文中的"商"，即其自称。

　　《书》：又称《尚书》《书经》，儒家经典之一，是中国上古历史文献和部分追述古代事迹著作的汇编。相传是孔子编选而成。

　　子何为于《书》：你从《书》中学到了些什么？

《书》之论事也：《书》在论说史实时。

昭昭然如日月之代明：明白得好像是太阳和月亮交替照亮大地。

离离然如星辰之错行：其内容安排得井然有序，好像是星辰交互运行。

凡商之所受《书》于夫子者，志之于心：凡是我从老师那里学到的《书》中的道理，都牢记在心。

虽退而穷居河济之间、深山之中：即使有一天离开，隐居在黄河、济水之间，处于深山之中。

作壤室，编蓬户：修一间土屋，编个蓬草做的门。

则可以发愤懑唱：就可以抒发愤懑，去除忧愁。

故有人亦乐之，无人亦乐之：所以，有人与自己在一起，自己会快乐；没有人与自己在一起，自己也会快乐。

忽不知忧患与死也：时间迅速流逝，忘记了世间的忧患和自己的生死。

子殆可与言《书》矣：我差不多能跟你谈论《书》这本经典了。

其亦表之而已，未睹其里也：你所了解的，也只是《书》表面的内容罢了，还没有看到《书》内在的意义。

夫窥其门而不入其室：观看到它的门，而没有进入它的内室。指学问没有深入。

恶睹其宗庙之奥，百官之美乎：又怎么能看到宗庙里各种礼仪的深奥和先王时官制的美好呢？

王　符　《潜夫论》一则

题　解

《潜夫论》由东汉思想家王符所作。全书十卷三十六篇，是汉末重要的政论文集。本书主要讨论治国安民之术，论说时政得失，涉及哲学、政治、经济、法律、军事、教育、历史、思想、文化等多个领域。本书所选部分，主要谈聚少成多、积小致巨的道理，从而告诫人们要在细微处特别慎重，不要因为善小而不为、恶小而不去。

作　者

王符，字节信，安定临泾（今甘肃镇原）人。东汉后期思想家。他个性耿介，不同于俗流，在不得升进后隐居著书，以讥当时得失。因其不愿彰显声名，便命名为《潜夫论》。

注　释

凡山陵之高，非削成而崛起也：凡是高大的山陵，并不是被削成，而后才耸立起来的。

必步增而稍上焉：必定是先出现不高的小丘，而后才逐渐增高的。

　　川谷之卑，非截断而颠陷也：低低的河流谷地，并不是被截断，而后才低陷下去的。

　　必陂池而稍下焉：必定是先有倾斜不平的洼地，而后才逐渐低下去的。

　　是故积上不止，必致嵩山之高：所以，小土丘向上不停积累，必定会到达崇山峻岭的高度。

　　积下不已，必极黄泉之深：小洼地向下不停积累，必定会到达地下泉水所在的深度。

　　有布衣积善不怠，必致颜闵之贤：一个百姓不停地积累善行，一定会到达颜渊和闵子骞那样的贤德。颜闵，指颜渊和闵子骞，为孔子的两个德行出众的学生。

　　积恶不休，必致桀跖之名：积累恶行，总不休止，必定会造成夏桀、盗跖一样的恶名。桀，相传为夏朝末代暴君。跖，古代农民起义的领袖，被统治阶级诬为"盗跖"。

　　积邪不止，必生暴弑之心：积累邪恶的行为，如果不停止，必定产生凶暴弑杀的坏心眼。

　　汤武非一善而王也：商汤、周武王，并不是由于一次善举，就成为天下之王。

　　桀纣非一恶而亡也：夏桀、商纣，并不是由于一次恶行，就造成了国家的灭亡。

　　是为误中，未足以存：这只能认为是偶然做对了，不会因此而保全。

可以改容：应该严肃起来。

克己三省，不见是图：克制自己，每天多次反思自己的不足，要反复考虑看不见的祸患。

是以恶积而不可掩，罪大而不可解也：因此，小人恶行积累起来后，是无法掩藏的；罪过变大后，是无法解脱的。

此蹶、蹻所以迷国而不返：这就是蹶、蹻使国家迷乱而最终也没有返回正道的原因。蹶，周幽王时主管马匹的官吏。蹻，周幽王时主管教导贵族子弟的官吏。这两个人与名叫皇父的人等一起，朋党为奸，是造成西周灭亡的重要人物。

三季所以遂往而不振者也：也是三代的末期衰败后，国家再也没有振兴的原因。三季，夏商周三代的末期。

曹 丕 《典论·论文》节选

题 解

《典论·论文》是我国较早的一篇文论，对其后文学批评的发展产生了深远的影响。本书所选的是《典论·论文》中的最后一段。它强调著述文章是"不朽之盛事"，鼓励士人珍惜时光，于此"强力"，不要因为汲汲于当下的享乐，而轻忽建"千载之功"。全文情理交融，使人备受感染。

作 者

曹丕即魏文帝，字子桓，沛国谯县（今安徽亳州谯城区）人。曹操次子，东汉政治家、文学家。建安时代，由于曹操招贤纳士，文人群集于邺下而形成一个文学集团。曹丕身处其中，成为推动建安文学发展的重要人物。《文心雕龙·才略篇》评论曹丕之才说："乐府清越，《典论》辨要。""辨要"二字准确概括了曹丕为文的内容和语言特点。

注 释

年寿有时而尽，荣乐止乎其身：人的寿命到了一定的时候就要穷尽，欢乐与荣誉也只限于自己一身。

二者必至之常期，未若文章之无穷：二者都必然会到

11

达一定的期限，不像文章那样可以永远流传。

不假良史之辞，不托飞驰之势，而声名自传于后：不借助于优秀史官对自己的记述，不依托仕途之上飞黄腾达的权势，而名声自然就流传于后世。

故西伯幽而演《易》，周旦显而制《礼》：所以，西伯被囚禁后，就推演《周易》作了卦辞；周公显达后，就制作了《仪礼》。西伯，即周文王。幽，被囚禁。纣王曾将周文王囚禁在羑里。周旦，即周公，姓姬，名旦。

不以康乐而加思：不因为富贵安乐而转移不写文章的心思。

夫然，则古人贱尺璧而重寸阴，惧乎时之过已：如此看来，古人正是看轻尺许长的美玉，而看重寸许长的光阴，害怕时间流逝而过。

日月逝于上，体貌衰于下：岁月在上天流逝过去，身体容貌在世间衰败。

忽然与万物迁化，斯亦志士大痛也：转眼间与万物一起推移变化，这也是有志之士的最大哀痛啊！

阮 籍 《达庄论》节选

题 解

《达庄论》是阐发庄子思想的文章，旨在"叙无为之贵"。全文语言明快，论理深入。本文所选的内容，主要说明魏晋时期道家的宇宙观，同时反映了作者弃绝礼法、反对名教、追求个体自由、把"自然"与"名教"对立起来的思想旨趣。

作 者

阮籍，字嗣宗，陈留尉氏（今属河南）人。司马昭当权时曾为步兵校尉，世称阮步兵。与嵇康齐名，是"竹林七贤"之一。阮籍对当时的黑暗社会环境深恶痛绝，性格彷徨苦闷又狂放不羁，因而尊奉老庄之学，纵谈名理，大畅玄风，但采取谨慎避祸的态度，远离尘俗。

注 释

自然者无外，故天地名焉：自然没有空间界限，因此以天地来概括宇宙间的一切事物。

当其无外，谁谓异乎：因为没有自然之外的事物，所以不能说存在着异于自然的存在者。

当其有内，谁谓殊乎：因为事物都不能超越于天地的存在，所以不能说具体事物有不同于天地的特殊本质。

地流其燥，天抗其湿：大地江河流逝，造成了地面的干燥；地面的水气升到了天上，造成了天空的湿润。

随以相从，解而后合：日和月彼此追随，又相互跟从；它们有时分开，有时又会合在一起。

升谓之阳，降谓之阴：天地之气向上升腾叫作阳，向下降落叫作阴。

在地谓之理，在天谓之文：地面上的山陵、河流、平原、洼地，分布有一定的条理，所以称之为地理；天上的日月星辰，运行有一定的路线，所以称之为天文。

蒸谓之雨，散谓之风：地面的水汽蒸发而后再下降，就叫作雨；空中的气流聚合而后又散开，就叫作风。

炎谓之火，凝谓之冰：物体燃烧起来，称之为火；水凝固起来，称之为冰。

形谓之石，象谓之星：地面上有形的硬物，称之为山陵、石头；天空构成天象的，称之为日月星辰。

朔谓之朝，晦谓之冥：早晨叫作朝，晚上叫作冥。

通谓之川，回谓之渊：水流畅通，称之为川；水在某地回还，称之为渊。

男女同位，山泽通气：在人类当中，男女有同样的地位；在大地上，山陵和水泽互相沟通地气。

天地合其德，日月顺其光：天地之气会合在一起，展示了它们生长万物的德性；太阳和月亮，适应万物对光明的需求。

自然一体，则万物经其常：自然是统一的整体，因此，形形色色的事物表现出其固有的状态。

一气盛衰，变化而不伤：天地之间的气时盛时衰，千变万化却没有伤损。

是以重阴雷电，非异出也：所以，厚重的阴气形成的乌云和阳气强盛形成的雷电，它们的来源并没有什么不同。这句话的意思是，气分为阴阳，尽管这阴阳二气表现出的形式不同，但都源于同一个气。

天地日月，非殊物也：天、地、日、月，也并不是什么不同的事物。这句话的意思是，阳气化为天、日，阴气化为地、月，尽管它们外形不同，但都是由气化生而出，在这点上，它们并没什么不同。

自其异者视之，则肝胆楚越也：如果从不同的方面去看，那么附生在一起的肝和胆，简直就像楚国和越国一样，相去遥远。楚越，指楚国和越国，指相距遥远。

13

王 勃 《秋日登洪府滕王阁饯别序》

题 解

《秋日登洪府滕王阁饯别序》简称《滕王阁序》，是唐代文学家王勃创作的一篇骈文。滕王阁由唐高祖李渊的第十二子、受封为滕王的李元婴所建，并因此得名。唐高宗李治时，阎伯玙任洪州都督，又重新加以修整。上元二年（675），王勃省亲路经洪州，恰逢阎氏于阁上宴饮，便参加了宴会，写成此文。

文章层层铺叙，从滕王阁的壮丽、远眺的美景写到宴饮游娱的情形，并且即景生情，抒发了自己的抱负。本文用骈文写成，语言流畅，文辞华美，气势奔放，对仗工整，用典自然，显得典雅而工巧，在文学史上占有重要地位。

作 者

王勃，字子安，唐代绛州龙门（今山西河津）人，文中子王通之孙。王勃曾任虢州参军，因罪被革职。就在愤懑之时，去交趾探望父亲。归途中，他因溺水惊悸而死。在短促的一生中，他留下了很多著作，诗文尤负盛名。作为初唐的重要作家，与杨炯、卢照邻、骆宾王并称"初唐四杰"。

注　释

南昌故郡，洪都新府：南昌，又作"豫章"。汉代设置豫章郡，隋改置洪都总管府，唐代改为洪州都督府。所以，有"故郡""新府"的说法。

星分翼轸，地接衡庐：星空的分野属于翼轸，土地连接衡山和庐山。星分，星宿的分野。古人按天上二十八宿的星座方位来划分地上的几个大区域，称为"分野"。在二十八宿中，翼、轸两星座的分野在吴和楚。南昌古属楚地，正在翼轸二星的分野上。

襟三江而带五湖：以三江为襟，以五湖为带。

蛮荆：古楚地，今湖北、湖南一带。

瓯越：古越地，即今浙江地区。古东越王建都于东瓯（今浙江永嘉），境内有瓯江。

物华天宝，龙光射牛斗之墟：人间之物的光华，焕发为天上的宝气，宝剑的精光直射牛斗之间。牛斗，牛、斗两个星宿。

人杰地灵，徐孺下陈蕃之榻：人物杰出，地方灵秀，只有南昌人徐孺才可以住到陈蕃的榻上。徐孺，徐孺子的省称。徐孺子，名稺，东汉豫章南昌人，当时隐士。陈蕃，汝南人，字仲举，任豫章太守时，不接待宾客，唯独给徐稺专设一榻。

雄州雾列：壮观的州县，像雾气那样密集。雾列，像雾一样，名词作状语，喻浓密、繁盛，雾列形容繁华。

俊采星驰：才华出众的人，像流星一样飞驰闪烁。

台隍枕夷夏之交：南昌城处在吴越和中原的交界处。台，楼阁的台基；隍，无水的护城壕。台隍指南昌城。夷，原指相对于中原华夏地区的东方少数民族地区。这里指吴越地区。夏，华夏，指中原地区。

都督阎公之雅望，棨戟遥临：都督阎公有崇高的声望，远道来这里做官。阎公，或谓阎伯玙，时任洪州都督。雅望，崇高声望。

宇文新州之懿范，襜帷暂驻：复姓宇文的新州州牧，是美德的楷模，他也到这里来参加宴会。宇文新州，复姓宇文的新州（在今广东境内）刺史，名未详。新州，唐代郡名。懿范，好榜样。

十旬休暇：十日为旬的假期。当时官吏十天休息一天。

千里逢迎，高朋满座：与千里之外的来宾相会，高雅的朋友满座。

腾蛟起凤，孟学士之词宗：文采像蛟龙腾空，像凤凰飞起，应是词章的宗师孟学士。孟学士，名未详。学士是朝廷掌管文学撰著的官员。词宗，文坛宗主。

紫电青霜，王将军之武库：谋略像锋利的宝剑那样所向无敌，应是熟读兵书的王将军。以上四句说参加宴会的人都是很有才华的。

　　家君作宰，路出名区：家父在交趾做县令，我探亲路过南昌。

　　童子何知，躬逢胜饯：年幼无知，却有幸参加这场盛大的宴会。在与会之人中，王勃年纪最小，所以自称"童子"。

　　烟光凝而暮山紫：烟霭凝聚，晚山呈现青紫色。

　　俨骖騑于上路：在大路上众多的车马整肃。这句是说来宾车马之盛。上路，高高的道路。

　　临帝子之长洲：帝子，指滕王李元婴，他是唐高祖李渊之子。长洲，指滕王阁所在的地方。

　　层台耸翠，上出重霄：滕王阁层层楼阁饰满青绿色花纹，向上直插云霄。

　　飞阁流丹：如展翅飞起的滕王阁屋脊，倒映在下面的江水里，荡漾起一片红色。这是因为阁的很多地方是用红色油漆涂饰的。

　　下临无地：向下看去，犹如没有土地。这是说因为飞阁是架空的，又高，所以人们觉得看不见土地。

　　鹤汀凫渚：鹤所栖息的水边平地，野鸭聚处的小洲。

　　桂殿兰宫，列冈峦之体势：一层层华美的宫殿，巍峨高大，依着山冈的形式而高低起伏。

　　披绣闼，俯雕甍：打开雕饰着花纹的门，俯视着雕镂华美的屋脊。绣闼，绘饰华美的门。雕甍，雕饰华美的屋脊。

山原旷其盈视，川泽纡其骇瞩：山峦原野无限辽阔，触目皆是；川泽曲折异常，使注视的人感到惊骇。

闾阎扑地，钟鸣鼎食之家：洪州的街道和房屋繁密，都是鸣钟列鼎而食的人家。钟鸣鼎食，古代贵族鸣钟列鼎而食，所以用钟鸣鼎食指代名门望族。

舸舰迷津，青雀黄龙之舳：看向渡口，各种船舶连成一片，密集得连渡口都难以找到；这些船都是些以青雀黄龙为装饰图形的大船。迷，满，一作"弥"。

虹消雨霁，彩彻云衢：虹气消失，雨过天晴；阳光分外灿烂，天空一片明亮。

落霞与孤鹜齐飞，秋水共长天一色：落霞与孤单的野鸭齐飞天际，秋水和长天呈现同一种颜色。

渔舟唱晚，响穷彭蠡之滨：傍晚时，渔船上传来歌声；这歌声传遍彭蠡湖湖畔。彭蠡，湖名，今鄱阳湖。

雁阵惊寒，声断衡阳之浦：排成阵列的大雁南飞，是被寒气所惊；南归大雁叫声阵阵，在衡阳的水边止息。衡阳，今属湖南，境内有回雁峰，相传秋雁到此就不再南飞，待春而返。

遥吟俯畅，逸兴遄飞：引长声音吟唱，舒畅地俯视四外，超逸豪迈的兴致迅速飞升起来。

爽籁发而清风生：箫管齐作，乐声参差而和谐，乐声震荡起阵阵清风。爽籁，清脆的排箫音乐。

纤歌凝而白云遏：柔婉的歌声萦绕在席侧，空中的行云为之不去。白云遏：形容音响优美，能驻行云。

睢园绿竹，气凌彭泽之樽：滕王阁下有睢园那样的绿竹，它使宾客的雅量高致胜过在酒樽前的陶彭泽。彭泽，县名，在今江西湖口县东，此代指陶潜。陶潜，即陶渊明，曾官彭泽县令，世称陶彭泽。

邺水朱华，光照临川之笔：滕王阁下有像邺水那样的荷花，它可以激发滕王阁座上像谢灵运那样客人的诗情。邺水，指邺郡，魏都，在今河南临漳县境，曹操父子集中了许多文士在这里。临川，郡名，三国时吴置，在今江西省抚州市临川区。这里指著名文学家谢灵运，谢灵运曾任临川内史。以上四句是说盛宴上宾客德才超群。

四美俱，二难并：良辰、美景、赏心、乐事和主人贤惠、宾客雅好等全都具备。

穷睇眄于中天：极目远望天空。

识盈虚之有数：懂得盛衰有一定的气数。

望长安于日下，指吴会于云间：遥望日光之下的长安，指点如在云间的苏州。这两句是说阁很高，望得远。"日下"喻京都。

天柱：传说中支撑苍天的铜柱。《神异经·中荒经》："昆仑之山有铜柱焉，其高入云，所谓天柱也。"

关山难越，谁悲失路之人：人们之间的感情，犹如关塞和山岳之难于逾越，又有谁为不得志之人感到悲哀呢？

萍水相逢：浮萍随水漂泊，聚散不定。比喻向来不认识的人偶然相遇。

怀帝阍而不见：怀念朝廷，可是不可能见到。帝阍，天帝的守门人。此处借指皇帝的宫门奉宣室，代指入朝做官。

奉宣室以何年：奉皇命在宣室召见的事，又要等到何年才能实现？宣室，汉代未央宫前殿的一个宫室名，为皇帝召见大臣议事之处。

冯唐易老：冯唐很容易衰老。冯唐，西汉安陵（今陕西咸阳）人，曾担任郎中，文帝见到他时问："您已年老，怎么只做个郎中？"冯唐如实回答后，文帝就派他做车骑都尉。景帝时派他做楚国相，后免官。武帝时征求贤良，冯唐被举荐出来，但年已九十余岁，不能任职。

李广难封：李广很难受到封赏。李广，汉武帝时名将，屡立战功，但始终没有被封侯。

屈贾谊于长沙，非无圣主：使贾谊含屈长沙，并非没有圣明之主。贾谊，汉文帝时名臣，曾提出过许多有关国策的建议，但都未被采纳，后被朝中权臣排挤，出为长沙王太傅。圣主，指汉文帝，泛指圣明的君主。

窜梁鸿于海曲，岂乏明时：使梁鸿逃匿到海边，难道
是时代不明？梁鸿，字伯鸾，汉章帝时扶风平陵人，和妻
子孟光隐居在霸陵山中，以耕织为业。他在洛阳时，曾作
《五噫歌》；章帝听到后，很是不满，四处找他。梁鸿和孟
光隐姓埋名，逃到齐鲁之间，以后又到江苏吴县，为人舂
米。从"冯唐"至此，是说人的命运难于逆料。

酌贪泉而觉爽：喝了贪泉之水而愈觉心中清楚。贪泉，
在广州附近的石门，传说饮此水会贪得无厌，东晋名臣吴
隐之喝下此水后，操守反而更加坚定。

处涸辙以犹欢：虽如鲫鱼处在干涸的车辙中，而心境
依然欢畅。典出《庄子·外物》。涸辙，干涸的车辙，比喻
困厄的处境。

北海虽赊，扶摇可接：北海虽远，有好风凭借也可以
到达。这句是说，如果有人荐拔，他还可以回归朝廷。

东隅已逝，桑榆非晚：青年时期虽已经逝去，晚年还
可以有所作为，尚不为晚。桑榆，日落时，余光还留在桑
树、榆树之上，指晚年。

孟尝高洁，空怀报国之情：孟尝性行高洁却不被重视，
空怀忠君报国热情。孟尝，字伯周，东汉会稽上虞（今浙
江省绍兴市上虞区西）人，顺帝时，曾为合浦太守，为官
清明，但不被重视，后辞官隐居。年七十，卒于家。

阮籍猖狂，岂效穷途之哭：阮籍狂放不拘礼节，我怎

肯学他走到路的尽头便恸哭而返的做法。阮籍，字嗣宗，晋代名士，不满世事，佯装狂放，常驾车出游，路不通时就痛哭而返。以上四句是说，自己就像孟尝一样，虽不受皇帝重视，但仍怀着报效国家的志愿而不改；绝不像阮籍那样颓废癫狂。

无路请缨，等终军之弱冠：自己很希望得到报效国家的机会，就像终军二十岁时那样，但却没有门路提出这样的请求。终军，字子云，济南人，汉武帝时为博士，后任谏议大夫。南越请求与汉和亲，终军自请愿领受长缨，捆系南越王而把他带到阙下。到南越后，他说服了南越王，愿意称臣于汉。终军死时，年方二十余岁，世称终童，用作称颂少年有为的典故。

有怀投笔：有投笔从戎的胸怀。投笔，事见《后汉书·班超传》：班超家中贫寒，常常给官府作雇工抄书来谋生糊口。因为长期抄写，非常辛苦。一次，他停止抄写，将笔扔在一旁叹息说："身为大丈夫，虽没有什么出众的才略，但也应该效仿傅介子、张骞在西域建立功业，取爵封侯，怎么能够长久地与笔砚打交道呢？"周围的人听到这话都笑话他。班超说道："你们这些人，怎么能理解壮士的志向呢？"后来，班超出使西域，立下功劳，封定远侯，在历史上留下了自己的名字。

慕宗悫之长风：仰慕宗悫的远大志愿。宗悫，字元幹，南朝宋南阳涅阳（今河南邓州）人。年少时，叔父问他的志愿，他说："愿乘长风破万里浪。"后来官至征西将军。

舍簪笏于百龄，奉晨昏于万里：舍弃一生做官的机会，而到万里之外去探视自己的父亲。簪笏，代指官职。奉晨昏，古人早晚都要向父母行定省之礼，这里指探视。

非谢家之宝树，接孟氏之芳邻：自己虽没有谢家子弟那样的门第与材质，但却受过孟轲那样的好邻居的环境影响。宝树，东晋谢玄很受叔父谢安的钟爱，谢安曾问他的子侄们：为什么人们总希望子弟好？众子侄没有说话，只有谢玄回答说："譬如芝兰玉树，想使它们生长在自家的庭阶罢了！"这里的"宝树"，是指谢玄那样出色的子弟。孟氏之芳邻，见刘向《列女传·母仪传》。据说孟轲的母亲为教育儿子而三迁择邻，最后定居于学宫附近。

他日趋庭，叨陪鲤对：以前也曾在父亲的庭前快步走过，像孔鲤那样承受父亲的教诲。叨，在这里表示谦敬。鲤，孔鲤，孔子之子。鲤对，指孔鲤受父亲孔子教育的事。孔子曾独立庭前，孔鲤趋而过庭，孔子问他学《诗》没有，孔鲤说没有学。孔子说，不学《诗》，说话便没有依据，于是孔鲤退而学诗。又一次，孔鲤过庭，孔子问他学《礼》没有，他说没有学。孔子说，不学《礼》，没有立身的标准，于是孔鲤退而学礼。

杨意不逢，抚凌云而自惜：遇不到像杨得意那样举荐自己的人，虽有司马相如之才也空自叹息。杨意，即杨得意，汉武帝时人。汉武帝读《子虚赋》很欣赏，想见该赋的作者。为皇帝养狗的杨得意在一旁说这赋是司马相如所作。于是司马相如被武帝召见。司马相如又呈献《大人赋》，令武帝大悦，飘飘然有凌云之感。

锺期既遇，奏《流水》以何惭：现在遇到阎公这样像锺子期一样的知音，我为他赋诗作文，那又何必有什么羞惭呢？锺期，锺子期的省称，春秋时楚国人。他死后，伯牙破琴绝弦，认为世间再无知音。奏《流水》，指自己赋诗作文。据说，伯牙鼓琴，意在高山或在流水，锺子期听琴都能感受得到。

胜地不常，盛筵难再：名胜之地不能常游，盛大酒宴难有第二次。

兰亭已矣，梓泽丘墟：兰亭宴集已成往事，金谷园已成废墟。兰亭，地名，在今浙江绍兴西南。晋穆帝年间，王羲之和谢安等四十一人，在兰亭举行了一次大规模的集会。他们临流赋诗，各抒怀抱，事后又将所赋的三十七首诗编写成册。梓泽，晋石崇的金谷园又名梓泽，故址在今河南省洛阳西北。石崇以奢侈著名。

登高作赋，是所望于群公：登高作赋，那就指望在座诸公了。

敢竭鄙怀，恭疏短引：我冒昧地尽述了自己鄙陋的思想，恭谨地写出了这篇短序。

一言均赋，四韵俱成：请在座诸位每人都按自己分得的一个韵字赋诗，完成一首四韵八句的诗。四韵，八句四韵诗。

请洒潘江，各倾陆海云尔：请充分展露潘岳、陆机的才华，写作诗赋。潘，潘岳，西晋文学家，善于写诗赋。陆，陆机，西晋文学家，诗赋比较有名。以上四句是说，请在座的客人各展才华，赋诗一首。江、海，比喻渊博的才学。钟嵘《诗品》："陆（机）才如海，潘（岳）才如江。"这里形容各宾客的文采。

柳宗元 《捕蛇者说》

题 解

《捕蛇者说》是柳宗元贬居永州时所作。唐顺宗时期，柳宗元参与了以王叔文为首的永贞革新运动，失败被贬于永州十年。其间，柳宗元大量地接触下层百姓，目睹当地"苛政猛于虎"、人民"非死则徙尔"的悲惨景象，奋笔成文，本书所选亦作于这一时期。文章借捕蛇者蒋氏的遭遇，用蛇的毒害和赋敛之害做对比，揭露赋税征敛的凶暴和百姓的苦难，语言流畅，感情凄婉，极富感染力。

作 者

柳宗元，字子厚，祖籍河东郡（今山西永济），世称柳河东。他是贞元进士，曾任礼部员外郎，因参加主张革新的王叔文集团，失败后被贬为永州司马、柳州刺史，所以又被称为"柳柳州"。他与韩愈共同倡导古文运动，反对讲究对偶、辞藻的骈文，提倡质朴自由的古文。他的文章多学西汉，论说性强，笔锋犀利，讽刺辛辣，被列入"唐宋八大家"之中。

注　释

永州：地名，相当于今天的湖南永州零陵、东安、祁阳和广西全州、灌阳一带，治所在今湖南永州零陵。

黑质而白章：黑色底子上有白色花纹。

然得而腊之以为饵：然而捉到后，把它风干，用它作药物。

可以已大风、挛踠、瘘、疬：可以治愈麻风病、手脚弯曲不能伸展、脖子肿胀和各种恶疮。

三虫：这里指人体内致病的各种寄生虫。

其始，太医以王命聚之：起初，太医以皇帝的命令征集这种蛇。

岁赋其二：每年征收两次蛇。

募有能捕之者，当其租入：招募能捕到蛇的人，用蛇充当他应交的租税。

永之人争奔走焉：永州的人争相为此事奔走。

有蒋氏者，专其利三世矣：有一户姓蒋的人家，享有这种捕蛇而不纳税的好处已经三代了。

今吾嗣为之十二年：现在我继续做这种事已经十二年了。

几死者数矣：差点儿就送命的情况有好几次了。

言之，貌若甚戚者：他说这番话时，脸上很忧伤的样子。

若毒之乎：你怨恨捕蛇这件事吗？

更若役，复若赋，则何如：更换你捕蛇的差事，恢复你的赋税，怎么样？

蒋氏大戚，汪然出涕：蒋氏听了更加悲伤，满眼含泪。

君将哀而生之乎：你是哀怜我，要我活下去吗？

则吾斯役之不幸，未若复吾赋不幸之甚也：然而我干这差事的不幸，还比不上恢复我缴纳赋税的不幸那么厉害呀。

向吾不为斯役，则久已病矣：假使我不干这差事，那我就早已困苦不堪了。

自吾氏三世居是乡，积于今六十岁矣：自从我家三世就住在这个地方，累积到现在，已经六十年了。

而乡邻之生日蹙，殚其地之出，竭其庐之入：可乡邻们的生活一天天地窘迫，把他们土地上生产出来的都拿去，把他们家里的收入也尽数拿去交租税。

号呼而转徙，饥渴而顿踣：结果是又哭又喊地辗转流亡他乡，路上又饿又渴，有的还由于劳累困顿而倒在地上。

呼嘘毒疠：呼吸毒雾瘴气。

往往而死者相藉也：因此而死的人，往往多得随处可见。

曩与吾祖居者，今其室十无一焉：从前与我的祖父一起居住在这里的人家，十户当中现在已经没有一户了。

与吾居十二年者，今其室十无四五焉：和我一起住了十二年的人家，现在十户当中只有不到四五户了。

非死则徙尔！而吾以捕蛇独存：那些人家不是死了就是迁走了。可是我却凭借捕蛇这个差事存活了下来。

悍吏之来吾乡，叫嚣乎东西，隳突乎南北，哗然而骇者，虽鸡狗不得宁焉：凶暴的官吏来到我乡，到处吵嚷叫嚣，到处骚扰，那种喧闹叫嚷着惊扰乡民的气势，不要说人，即使鸡狗也不能够安宁啊！

吾恂恂而起，视其缶：我小心翼翼地从床上爬起来，看看那装蛇的瓦罐。

则弛然而卧：就又很放心地躺到床上。

谨食之，时而献焉：我小心地喂养蛇，到规定的日子把它献上去。

退而甘食其土之有，以尽吾齿：回到家里就美美地品味着自己田地里出产的食物，这样来安度我的天年。

盖一岁之犯死者二焉：这样每年冒着生命危险的事，只有两次。

其余，则熙熙而乐，岂若吾乡邻之旦旦有是哉：其余的时间就可以快快乐乐地过日子，哪里像我们乡中的邻居，天天要遭遇那些麻烦呢！

今虽死乎此，比吾乡邻之死则已后矣，又安敢毒耶：现在我即使死在这差事上，与我的乡邻相比，我已经死在他们后面了，又怎么敢怨恨捕蛇这件事呢？

　　苛政猛于虎也：严苛的暴政实在比老虎还凶猛。语见《礼记·檀弓下》。

　　吾尝疑乎是：我曾经怀疑这句话。

　　今以蒋氏观之，犹信：现在根据蒋氏的遭遇来看这句话，还真是可信的。

　　呜呼！孰知赋敛之毒有甚是蛇者乎：唉！谁知道苛捐杂税的毒害，比这种毒蛇的毒害更厉害呢！

　　故为之说，以俟夫观人风者得焉：所以我写了这篇文章，以期待那些朝廷派遣的来考察民情的人得到它。

《诗经》一首 《关雎》

题　解

　　《诗经》是我国最早的诗歌总集，收录周代诗歌三百〇五篇，分为风、雅、颂三类。"风"包括十五国风，真切反映了当时的社会情况，《周南》即是国风中的一部分。《诗经》常用的表现手法有"赋""比""兴"。"赋"即"直抒其情"，用今天的话来说就是叙述、描写。"比"指比喻。"兴"则是先言他物以渲染气氛，寄托情思。本书所选《关雎》出自《国风·周南》，是《诗经》中的第一篇，正是用"兴"的手法，引出男子对姑娘的思慕，以及他追求美满婚姻的愿望。

注　释

　　关关雎鸠：水鸟在鸣唱。雎鸠，又名王雎，即鱼鹰，一种水鸟，相传雌雄有定偶。

　　窈窕淑女：漂亮、善良的好姑娘。窈窕，形容女子文静而美好。窈，深邃，比喻女子心灵美。窕，幽美，比喻女子仪表美。淑女，品德好的姑娘。

　　君子好逑：是君子的好配偶。

　　辗转反侧：翻来覆去，想她难以入睡。

　　琴瑟友之：弹着琴瑟，和她亲近友爱。

　　钟鼓乐之：敲钟击鼓，使她快乐喜悦。

刘　桢　《赠从弟》其二

题　解

　　《赠从弟》是诗人刘桢所写的组诗。本书所选是第二首。诗中的松树刚正坚贞，不屈不挠，很有气节，作者借此希望从弟坚持理想，不同流俗。其中既有赞美与勉励从弟之意，也是托物言志以自况。全诗关于兄弟情谊"不着一字"，却更耐人品味。

作　者

　　刘桢，字公干，汉代东平宁阳（今山东宁阳）人，"建安七子"之一。他为人刚正不阿，性格倔强，曾因此获罪。他的文学成就主要表现于五言诗的创作，现在仅存十五首。其诗作刚劲挺拔，气势充沛，卓荦不凡。曹丕称"其五言诗之善者，妙绝时人"。后人以其与曹植并举，称为"曹刘"。

注　释

　　从弟：堂弟。

　　风声一何盛，松枝一何劲：风声是多么的凶猛，松枝在风中又是多么的刚劲。

冰霜正惨凄，终岁常端正：正当严冰寒霜带来一片悲惨凄凉的景色之时，松树却总是那么挺拔美好。

岂不罹凝寒？松柏有本性：难道是松树没有遭到严寒的侵凌吗？不，是松柏天生有着耐寒的本性！

贺知章 《咏柳》

题 解

唐玄宗天宝三载（744），贺知章告老回乡，受到地方官员相迎。此时正是早春二月，春意盎然。在前往旧宅的途中，贺知章看到柳芽初发，又兼脱笼返乡之喜，便即景写下这首《咏柳》。该诗立意高远，比喻巧妙，先从大处着眼，然后分部描述，越写越细，把柳树的形神栩栩如生地表现了出来。题目是咏柳，但又不仅仅是咏柳，更是咏春，歌咏自然造化。

作 者

贺知章，字季真，号四明狂客，唐代越州永兴（今浙江杭州萧山）人。他是武后证圣年间进士，官至秘书监，善草隶书，晚年还乡为道士。他与李白相善，诗风清新通俗。其诗文以绝句见长，写景、抒怀之作风格独特，清新潇洒。代表作《咏柳》《回乡偶书》两首脍炙人口，千古传诵。

注 释

碧玉妆成一树高，万条垂下绿丝绦：远看，高高的柳树像是用碧绿整个地妆点而成；近看，万千柳条恰似一根根飘垂的绿丝带。

不知细叶谁裁出，二月春风似剪刀：到柳树前仔细看，不知那娇嫩的细叶是谁裁剪出来的？那二月的春风吹过，是它像剪刀一样把这细叶剪裁了出来。

18

杜 甫 《登高》

题 解

　　唐代宗大历二年（767），五十六岁的杜甫身在夔州，独自登上白帝城外的高台。萧瑟秋风引发了他对身世飘零的感慨，于是《登高》应景而生。此诗情景交融，前半写景，后半抒情，在写法上各有错综之妙，将个人身世之悲、抑郁不得志之苦融于悲凉的秋景，极尽沉郁顿挫之能事，令读者伤感之情自然喷发。本诗八句皆对，粗略一看，首尾好像"未尝有对"，胸腹好像"无意于对"；仔细玩味，"一篇之中，句句皆律，一句之中，字字皆律"，不愧为"七律之冠"。

作 者

　　杜甫，字子美，自号杜陵布衣、少陵野老等，唐代河南府巩县（今河南巩义）人。他举进士不第，漫游各地。唐肃宗时，官左拾遗。在剑南节度使严武幕中任参谋时，为检校工部员外郎，故世称杜工部。杜甫一生屡受挫折生活困窘，却心系苍生，忧国忧民。其诗作风格多样、语言精练，真实而深刻地反映了安史之乱前后的政治时事和社会生活，被称为"诗史"，其本人亦被世人尊为"诗圣"，与李白合称"李杜"。

注　释

猿啸哀：猿的叫声哀伤。

万里悲秋常作客：悲对秋景，感慨万里漂泊，常年为客。

百年多病独登台：一生当中疾病缠身，今日独上高台。

艰难苦恨繁霜鬓：历尽了艰难苦恨，白发长满了双鬓。

潦倒新停浊酒杯：衰颓满心，偏又暂停了消愁的酒杯。新停，刚刚停止。重阳登高，按习俗应当喝酒。可杜甫晚年因肺病戒酒，所以说"新停"。

李　贺　《雁门太守行》

题　解

中唐时期，藩镇之间战火频仍，此起彼伏。关心国家命运和各地战事的诗人李贺，离开京城，来到忻州，写下这首传诵千古的《雁门太守行》。此诗描写并歌颂了边塞危城的守将及战士们誓死报国的决心，风格悲壮，感人至深。一般说来，写悲壮惨烈的战斗场面，不宜使用表现浓艳色彩的词语，但李贺此诗几乎句句都有鲜明的色彩，其中金色、胭脂色、紫红色和黑色、秋色、玉白色等交织在一起，构成色彩斑斓的画面，进而形成浑融蕴藉、富有情思的意境。

作　者

李贺，字长吉，唐代河南福昌（今洛阳宜阳）人，是唐宗室郑王李亮后裔。他才思敏捷，曾得到韩愈的赏识，但因其父名"晋肃"，为避家讳（"晋"与"进士"之"进"同音），所以不能应进士科考试。他一生生活困顿，于仕途无望，积郁成病，去世时年仅二十七岁，故有"诗鬼"之称。他是继屈原、李白之后，中国文学史上又一位颇享盛誉的浪漫主义诗人，与李白、李商隐合称为"唐代三李"。

注 释

雁门太守行：古乐府曲调名。雁门，郡名。古雁门郡大约在今山西省西北部，是唐王朝与北方突厥部族的边境地带。

黑云压城城欲摧，甲光向日金鳞开：敌兵滚滚而来，犹如黑云翻卷，想要摧倒城墙；战士们的铠甲在阳光照射下金光闪烁。

角声满天秋色里，塞上燕脂凝夜紫：号角声响彻秋夜的长空，暮色中，塞上泥土有如胭脂凝色。夜紫，暗指战场血迹。

半卷红旗：指轻装急行的军队。

易水：河名，大清河上源支流，源出今河北省易县，向东南流入大清河。易水距塞上尚远，此借荆轲故事以言悲壮之意。

报君黄金台上意，提携玉龙为君死：为了报答国君的赏赐和厚爱，手持宝剑甘愿为国血战到死。黄金台，台名。战国时燕昭王所筑，故址在今河北易县东南。昭王曾在台上设置千金，以此来招揽人才。

王安石　《泊船瓜洲》

题　解

宋神宗熙宁年间，王安石被任命为同平章事，开始推行变法。但是由于反对势力的攻击，他数次被迫辞去宰相的职务。《泊船瓜洲》正是创作于这一时期，王安石第二次拜相进京之际。这首七绝触景生情，通过对春天景物的描绘，表现了诗人此番出来做官的无奈和急切回归江宁的愿望。诗文不仅借景抒情，情寓于景，而且叙事也富有情致，境界开阔，格调清新。"明月何时照我还"一句，余韵悠长，被千古传唱。

作　者

王安石，字介甫，号半山，封荆国公，世称"荆公"，谥号"文"，后人又称"王文公"，北宋抚州临川（今江西临川）人。他在政治、学术和文学创作方面都有很高的建树。其诗各体兼擅，玲珑工致。

注　释

京口：古地名，在今江苏镇江，是南京的北方门户。京口和长江北岸的瓜洲隔水相望。

瓜洲：位于今江苏扬州，自古是联系大江南北的咽喉要冲，著名的千年古渡。

钟山：即紫金山，在今江苏南京。王安石罢相后，寓居在钟山。

春风又绿江南岸：和煦的春风又吹绿了江南岸边景色。江南，字面意义为江之南面，在人文地理概念中特指长江以南。在不同历史时期，江南的文学意象不尽相同。

明月何时照我还：皎洁的明月，什么时候才能照着我回到家乡呢？

陈与义 《临江仙·夜登小阁，忆洛中旧游》

题 解

北宋灭亡后，作者流离逃难，艰苦备尝。在宋高宗绍兴年间，年近五十的陈与义回忆二十多年的往事，百感交集，写下此词。词作通过回忆在洛阳的游乐，抒发了作者对国家沦陷的悲痛和漂泊四方的寂寞，以对比的手法，明快的笔调，抒发了北宋亡国后深沉的感慨。此词直抒胸臆，表情达意真切感人，文字韵味深远绵长。

作 者

陈与义，字去非，号简斋，宋代河南洛阳人。他是宋徽宗时进士，官至参知政事。他善于作诗，也工于填词。靖康之变时，目睹亡国的惨祸，作品风格产生变化。其诗词语意超绝，笔力横空，疏朗明快，自然浑成，尤近于苏东坡。

注 释

临江仙：词牌名。原为唐代教坊曲名，格律俱为平韵格，双调小令。

洛中：指洛阳。

21

午桥：桥名，在洛阳南。

长沟流月去无声：月影映在长长的河水中，悄无声息地逝去。

此身虽在堪惊：自己劫后虽然仍活在人间，但那二十年的离乱实在令人惊骇难忘。

闲登小阁看新晴：闲来无事登上小阁楼观看新雨初晴的景致。

古今多少事，渔唱起三更：古往今来多少大事，都化作半夜里渔翁的歌声。

岳 飞 《满江红·写怀》

题 解

岳飞志在抗金，收复失地，但壮志未酬。在蒙冤入狱前，他写下这首《满江红》，抒发了自己的一腔赤诚与满怀悲愤。词作大义凛然，气壮山河，与岳飞的抗金业绩相映生辉，影响了无数后人，"千载后读之，凛凛有生气焉"。

作 者

岳飞，字鹏举，宋代相州汤阴（今属河南）人。他少年从军，是抗金名将，屡次战胜敌兵，却被诬谋反，以"莫须有"的罪名被害，葬于西湖畔栖霞岭。文如其人，他的诗、词、散文都慷慨激昂，充满浩然正气，表现出忧国报国的壮志胸怀。其词作《满江红》，是千古传诵的不朽名篇。

注 释

满江红：词牌名。又名"上江虹""满江红慢""念良游""烟波玉""伤春曲""怅怅词"。此调前后段各两个七字句，可以不对偶，但以对偶为佳。

怒发冲冠：因愤怒，头发直竖，顶起了帽子。这是夸张的说法。

凭栏处：靠着栏杆站立。

三十功名尘与土：三十多年来虽已建立一些功名，但如同尘土微不足道。

八千里路云和月：南北转战八千里，经过多少风云人生。

靖康耻：靖康年间的国耻。北宋靖康二年，金兵攻陷汴京，徽宗、钦宗被金人掳走。

驾长车，踏破贺兰山缺：我只想驾着战车，踏破贺兰山敌人的营垒。贺兰山，山名，在金国境内（今宁夏、内蒙古交界处）。

胡虏：对外族敌人的蔑称。

匈奴：古代活动于中国北方的民族，这里指金人。

待从头、收拾旧山河，朝天阙：待我重新收复旧日山河，再带着捷报向国家报告胜利的消息！

辛弃疾 《西江月·夜行黄沙道中》

题　解

宋孝宗淳熙八年（1181），辛弃疾因受排挤罢官，回到上饶生活，并在当地生活了近十五年，留下了不少词作。《西江月·夜行黄沙道中》即是作于这一时期的佳作。这一首描写乡村夏夜景物的词作，所涉内容不过是极其平凡的景物，没有任何雕饰，也没有一个典故，甚至结构层次的安排也是平平淡淡的。然而，正是这份平淡，展现了夏天月夜的幽美，表达了期盼丰收的喜悦，凸显了词人置身美好自然中的快意。

作　者

辛弃疾，字幼安，号稼轩，南宋历城（今山东济南）人。他先后任湖北、江西、湖南安抚史等职，并在任职期间采取各种强兵富国的措施。他一生坚决主张抗金，但遭到主和派的打击，只能长期闲居江西农村。他的诗词风格多样，以豪放为主，多抒发力图恢复统一的爱国热情和壮志难酬的英雄悲愤，有"词中之龙"之称。他与苏轼并称"苏辛"，与李清照并称"济南二安"。

注 释

西江月：词牌名。又名"白蘋香""步虚词""江月令"等。

黄沙：即黄沙岭，在江西上饶的西面，高约十五丈，深而敞豁，可容百人，是辛弃疾常来游览的地方。

明月别枝惊鹊：明亮的月光在树梢移动，惊醒了栖息的喜鹊。

旧时茅店社林边，路转溪头忽见：当转弯走过溪桥时，忽然出现在眼前的，是那熟悉的茅舍小店，依旧矗立在土地庙的树林边。

龚自珍 《己亥杂诗》其五

题　解

　　《己亥杂诗》是龚自珍很有名的一组诗，共三百一十五首。己亥年即道光十九年，也就是鸦片战争的前一年。当时，龚自珍已四十八岁，对清朝统治者非常失望。他在辞官南归、北上迎眷的过程中，写下这组诗。本书所选是《己亥杂诗》中的第五首，写诗人离京的感受，并由抒发离别之情转而抒发报国之志，表明愿为国为民尽最后一点力的意愿。末两句"落红不是无情物，化作春泥更护花"，成为广为流传的名句。

作　者

　　龚自珍，字璱人，号定庵，浙江仁和（今属杭州）人。他是清道光九年进士，曾官至礼部主事。他主张革新，严禁鸦片，反对帝国主义的侵略。但他的主张不为朝廷所用，只能辞官归乡。他的诗文主张"更法""改图"，多咏怀和讽喻之作，富有艺术感染力，被柳亚子誉为"三百年来第一流"。

注　释

浩荡离愁白日斜：在夕阳西斜中，心中充满无限的离情与愁思。

吟鞭东指即天涯：马鞭挥向东方，感觉自己身在天涯一般。

化作春泥更护花：落花即便化作春泥，也要卫护新生的鲜花。

篇目	篇目来源	版本信息	出版社	出版年份
1	《论语》	《论语译注》杨伯峻译注	中华书局	1980
2	《老子》	《老子注译及评介》陈鼓应著	中华书局	1984
3	《孟子》	《孟子正义》焦循撰 沈文倬点校	中华书局	1987
4	《庄子》	《庄子集释》郭庆藩撰 王孝鱼点校	中华书局	2004
5	《国语》	《国语》 上海师范大学古籍整理研究所校点	上海古籍出版社	1988
6	《礼记》	《十三经注疏》阮元校刻	中华书局	1980
7	《列子》	《列子集释》杨伯峻撰	中华书局	1979
8	李斯《谏逐客书》	《史记》司马迁撰	中华书局	1982
9	《孔丛子》	《孔丛子》孔鲋撰	商务印书馆	1937
10	王符《潜夫论》	《潜夫论》王符撰 汪继培笺	上海古籍出版社	1978
11	曹丕《典论·论文》	《三曹集》宋效永校点	岳麓书社	1992
12	阮籍《达庄论》	《阮籍集》李志钧、季昌华、柴玉英、彭大华校点	上海古籍出版社	1978
13	王勃《秋日登洪府滕王阁饯别序》	《全唐文》	上海古籍出版社	1990
14	柳宗元《捕蛇者说》	《柳河东集》柳宗元著	上海人民出版社	1974
15	《诗经》	《诗经注析》蒋见元、程俊英著	中华书局	1991
16	刘桢《赠从弟》	《建安七子集》俞绍初辑校	中华书局	1989
17	贺知章《咏柳》	《全唐诗》彭定求等编	中华书局	1960
18	杜甫《登高》	《杜甫选集》邓魁英、聂石樵选注	上海古籍出版社	1983
19	李贺《雁门太守行》	《李贺诗集》叶葱奇疏注	人民文学出版社	1959
20	王安石《泊船瓜洲》	《全宋诗》北京大学古文献研究所编	北京大学出版社	1992
21	陈与义《临江仙·夜登小阁,忆洛中旧游》	《全宋词简编》唐圭璋选编	上海古籍出版社	1986
22	岳飞《满江红·写怀》	《全宋词简编》唐圭璋选编	上海古籍出版社	1986
23	辛弃疾《西江月·夜行黄沙道中》	《稼轩长短句》辛弃疾著	上海人民出版社	1975
24	龚自珍《己亥杂诗》	《龚自珍全集》龚自珍著 王佩诤校	上海古籍出版社	1999

作者作品年表

作者作品年表

（以作者主要生活年代、成书年代为参考）

西周（前 1046—前 771）		《诗经》
东周① （前 770—前 256）	春秋（前 770—前 476）	管子（？—前 645） 老子（约前 571—？） 孔子（前 551—前 479） 孙子（约前 545—约前 470）
	战国（前 475—前 221）	墨子（前 476 或前 480—前 390 或前 420） 孟子（约前 372—前 289） 庄子（约前 369—前 286） 屈原（约前 340—前 278） 公孙龙（约前 320—前 250） 荀子（约前 313—前 238） 宋玉（约前 298—前 222） 韩非子（约前 280—前 233） 吕不韦（？—前 235） 《黄帝四经》 《吕氏春秋》 《左传》 《列子》 《国语》 《尉缭子》 《易传》
秦（前 221—前 206）		李斯（？—前 208）
汉 （前 206—公元 220）	西汉②（前 206—公元 25）	贾谊（前 200—前 168） 韩婴（约前 200—约前 130） 司马迁（约前 145—？） 刘向（约前 77—前 6） 扬雄（前 53—公元 18） 《礼记》 《淮南子》
	东汉（25—220）	崔瑗（77—142） 张衡（78—139） 王符（约 85—162） 曹操（155—220）
三国（220—280）		诸葛亮（181—234） 曹丕（187—226） 曹植（192—232） 阮籍（210—263） 傅玄（217—278）

晋 （265—420）	西晋（265—317）	李密（224—287） 左思（约 250—约 305） 郭象（约 252—312）
	东晋（317—420）	王羲之（303—361，一说 321—379） 陶渊明（约 365—427）
南北朝 （420—589）	南朝（420—589）	范晔（398—445） 陶弘景（456—536） 刘勰（约 465—约 532）
	北朝（386—581）	郦道元（约 470—527） 颜之推（531—约 590）
隋（581—618）		魏徵（580—643）
唐③（618—907）		骆宾王（约 626—684 以后） 王勃（约 650—约 676） 杨炯（650—？） 贺知章（约 659—约 744） 陈子昂（659—700） 张若虚（约 670—约 730） 张九龄（678—740） 王之涣（688—742） 孟浩然（689—740） 崔颢（？—754） 王昌龄（698—756） 高适（约 700—765） 王维（701—761） 李白（701—762） 杜甫（712—770） 岑参（约 715—约 769） 张志和（732—774） 韦应物（约 737—792） 孟郊（751—814） 韩愈（768—824） 刘禹锡（772—842） 白居易（772—846） 柳宗元（773—819） 李贺（790—816） 杜牧（803—852） 温庭筠（812？—866） 李商隐（约 813—约 858）
五代十国（907—979）		李璟（916—961） 李煜（937—978）

宋 （960—1279）	北宋（960—1127）	柳 永（约 987—1053） 范仲淹（989—1052） 晏 殊（991—1055） 宋 祁（998—1061） 欧阳修（1007—1072） 苏 洵（1009—1066） 周敦颐（1017—1073） 司马光（1019—1086） 曾 巩（1019—1083） 张 载（1020—1077） 王安石（1021—1086） 程 颐（1033—1107） 李之仪（1048—约 1117） 苏 轼（1037—1101） 黄庭坚（1045—1105） 秦 观（1049—1100） 晁补之（1053—1110） 周邦彦（1056—1121） 李清照（1084—1155） 陈与义（1090—1139）
	南宋（1127—1279）	岳 飞（1103—1142） 陆 游（1125—1210） 杨万里（1127—1206） 朱 熹（1130—1200） 张孝祥（1132—1170） 陆九渊（1139—1193） 辛弃疾（1140—1207） 姜 夔（约 1155—1221） 陈 亮（1143—1194） 丘处机（1148—1227） 叶绍翁（1194—1269） 文天祥（1236—1283）
元④（1206—1368）		关汉卿（约 1234 前—约 1300） 马致远（约 1250—1321 以后） 张养浩（1270—1329） 王 冕（1287—1359） 萨都剌（约 1307—1355？）

明（1368—1644）	宋濂（1310—1381） 刘基（1311—1375） 于谦（1398—1457） 钱鹤滩（1461—1504） 王阳明（1472—1529） 杨慎（1488—1559） 归有光（1507—1571） 汤显祖（1550—1616） 袁宏道（1568—1610） 张岱（1597—约1676） 黄宗羲（1610—1695） 李渔（1611—1680） 顾炎武（1613—1682）
清⑤（1616—1911）	徐灿（约1618—约1698） 纳兰性德（1655—1685） 彭端淑（约1699—约1779） 袁枚（1716—1797） 戴震（1724—1777） 龚自珍（1792—1841） 魏源（1794—1857） 曾国藩（1811—1872） 康有为（1858—1927） 谭嗣同（1865—1898） 梁启超（1873—1929） 秋瑾（1875—1907） 王国维（1877—1927）

说明

　　① 一般来说，把公元前770—公元前476年划为春秋时期；把公元前475—公元前221年划为战国时期。

　　②9年，王莽废汉帝自立，改国号为"新"；23年，王莽"新"朝灭亡，刘玄恢复汉朝国号，建立更始政权；25年，更始政权覆灭。

　　③690年，武则天称帝，改国号为"周"；705年，武则天退位，恢复国号"唐"。

　　④1206年，铁木真建立大蒙古国；1271年，忽必烈定国号为元。

　　⑤1616年，努尔哈赤建立后金；1636年，改国号为清；1644年，明朝灭亡，清军入关。

出版后记

　　"中华古诗文经典诵读工程"于1998年由中国青少年发展基金会发起。作为诵读工程指定读本的《中华古诗文读本》于同年出版。二十五年来，"中华古诗文经典诵读工程"影响了数以千万计的读者，《中华古诗文读本》因之风行并被称誉为"小红书"。

　　为继续发挥"小红书"的影响力，方便读者从中汲取中华优秀传统文化的养分，中国青少年发展基金会、中国文化书院、陈越光先生与中国大百科全书出版社决定再版"小红书"，并且同意再版时秉持公益精神，践行社会责任，以有益于中华传统文化普及与中小学生文化素养提高为首要目标。

　　"小红书"已出版二十五年。为给读者更好的阅读体验，在确保核心文本不变的前提下，我们征求并吸取了广大读者的意见，最后根据意见确定了以下再版原则：版本从众，尊重教材；注音读本，规范实用；简注详注，相得益彰；准确诵读，规范引领；科学护眼，方便阅读。可以说，这是一套以中小学生为中心的中国经典古诗文读本。

　　"小红书"以其中国特色、中国风格、中国气派、中国思想而备受读者青睐，使其畅销多年而不衰。三百余篇中国经典古诗文，不仅是中华民族基本思想理念的经典诠释，也是中华儿女道德理念和规范的精彩呈现。前者如革故鼎新、与时俱进的思想，脚踏实地、实事求是的思想，惠民利民、安民富民的思想等；后者如天下兴亡、匹夫有责的担当意识，精忠报国、振兴中华的爱国情怀，崇德向善、见贤思齐的社会风尚等。细细品之，甘之如饴。

四十余年来，中国大百科全书出版社坚守中华文化立场，一心一意为读者出版好书，积极倡导经典阅读。这套倾力打造的《中华古诗文读本》值得中小学生反复诵读，希望大家喜欢。

由于资料及水平所限，书中不妥之处在所难免，敬请读者批评指正，我们将不胜感激！

2023 年 6 月 6 日